プロローグ　逃げる　005
第一章　初恋　024
第二章　捕まる　061
第三章　隠れる　076
第四章　冷酷と、やさしさと。　115
第五章　戸惑う　145
第六章　葛藤　160
第七章　真実　190
第八章　囚われる　205
第九章　裏切りの行方　228
第十章　明かされる　244
エピローグ　逃げそこね　296
あとがき　301

プロローグ　逃げる

ポタポタと髪から赤い雫《しずく》が落ちる。

その液体が赤いのは、何もマリアンナの髪が炎のような赤毛だからではない。それが赤ワインだからだ。

マリアンナを嫌うあの性悪狐のような女――クイーンズベリー侯爵未亡人の取り巻きが、よろけたフリをしてポンチの入ったグラスをマリアンナにぶちまけたのだ。マリアンナのお目付役である家庭教師《ガヴァネス》が席を外した途端の出来事だった。そして、頭からずぶ濡れになったマリアンナを、誰も助けてくれようとはしなかった。

それはそうだろう。

社交界の華と寵児から憎まれた惨めなデビュタントなど、下手に構おうとすればとばっちりを食いかねない。

助けるどころか、遠巻きにクスクスという嘲笑《ちょうしょう》と憐れみの視線を投げるのみだ。

起きたことを理解できず呆然と立ち尽くすマリアンナに、クイーンズベリー侯爵未亡人は、蜜の滴るような美貌《びぼう》を綻《ほころ》ばせて、鷹揚《おうよう》に微笑んだ。

『まあ、大変。酷い災難ですわね、レディ・レイヴンズバーグ。その白いドレスが台無しだわ！　早くお家にお帰りになった方が宜《よろ》しいのではないかしら？　ああ、でもお帰りになる時は、ちゃんと馬車をお使いになってね。くれぐれも馬に跨《また》がってはいけなくてよ。ここは田舎ではないのだから』

優雅に扇をひらめかせてのたまう侯爵未亡人に合わせて、周囲がドッと笑いに沸《わ》いた。

『馬に跨って乗る、田舎娘』

それはマリアンナに捺《お》された落伍者《らくごしゃ》の烙印《らくいん》だった。

生まれて初めて参加した社交界で、あの悪魔がマリアンナをそう揶揄《やゆ》したからだ。

『まだ男のように、馬に跨っているのかい、マリアンナ嬢』

その台詞に、あの日その場にいた人間全員が、息を呑んだのが分かった。

マリアンナとて例外ではなかった。十六歳を迎えて晴れてデビューした社交界での、初日の出来事だった。

彼のことは勿論《もちろん》知っていた。仮にも社交界に足を踏み入れようとする人間で、彼を知らない者はいないだろう。それくらい有名な人物だった。

レオナルド・アダム・キンケイド。ウィンスノート伯爵。

ウィンスノート卿と呼ばれるその男は、父である公爵の領地の一つであるウィンスノートを配されている、若き伯爵さまだ。祖母が王女という、貴族の中でも由緒ある家柄で、財力も申し分ない。

まるで整えられたかのような凛々しい眉、高い鼻梁《びりょう》は流れるようで、いつも弧を描く唇は官能的、何より印象的なのは、形の良い切れ長の眼の中の黒尖晶石《ブラックスピネル》のような漆黒の瞳だ。その瞳で見つめられれば、愛の女神テディアナですら跪《ひざまず》くと評判だ。

今時の男性にしては珍しく髪を伸ばしており、艶《つや》やかなその黒髪を後ろで一つに細い革紐で結わえている。社交界で最近髪を伸ばす男性が増え出したのは、紛れもなく彼の影響だと言っていいだろう。その上長身で、軍神テトレイスのような精悍《せいかん》な身体つきをしているのだから、社交界で彼の噂を聞かない日はない。

まさに、寵児。

彼の影響力は、社交界のみならず経済にも及ぶ、と新聞が騒ぎ立てるのも決して大げさではないだろう。

そのウィンスノート伯爵に、出し抜けに暴言を吐かれたのだ。驚愕しない方が無理がある。

伯爵は隣にクイーンズベリー侯爵未亡人を従えていた。レディ・エイローズとも呼ばれる彼女は、クイーンズベリー侯爵亡き後、ウィンスノート伯爵の愛人と噂される絶世の美女で、その幅広い人脈やセンスの良さから社交界の主とも言われる人物だった。

『あ、あの……？　伯爵さま……？』

聞き間違いだろうかと、内心青ざめながらも取り繕《つくろ》った笑みを浮かべて問いかけてみる。

伯爵は何と言った？

——男のように、馬に跨る？

何故、知っているのだろう。確かにマリアンナは馬で駆けるのが好きだ。けれどもそれが王都では非常識なこととされているのは分かっていた。だから跨っての乗馬は、故郷のレイヴンズバーグでしかしなかったし、社交シーズンが始まって王都入りしてからは、乗馬はおろか、独りで外出したことすらもなかったのだ。

——初めて会ったこの伯爵が、何故？

そんな不審な想いが顔に出てしまっていたのだろうか。マリアンナの表情を見たレオナルドは、気に入らないとでも言うようにクッと眉間に皺《しわ》を寄せた。

『覚えていないのか……』

『え？』

レオナルドの呟きは喧騒《けんそう》に紛れて聞き取れず、小首を傾げたマリアンナに甲高い声がかかった。

『まぁ、そんな意地悪を言うものじゃなくてよ、ウィンスノート卿。お嬢さんが怯えてらっしゃるわ。まだデビュタントですもの、ランドールの気風に慣れていなくて当然よ』

レースの付いた扇で口元を隠しながら、レディ・エイローズはそう言った。表向きにはマリアンナを庇っているように見えるが、その嘲《あざけ》るような口調、そしてマリアンナを睨みつけるような冷たい眼差しは、彼女が真逆のことを言わんとしているのだと、周囲のとりまきに確かに伝えていた。

——つまり、『この娘を社交界から追放せよ！』という暗黙の指示を。

レディ・エイローズのレオナルドへの溺愛ぶりは有名だった。先日も、彼に迫った女優が、王都を追われたという噂を聞いたばかりだ。

クスクスという笑い声やささめく声で、会場の悪意ある関心が、一気に自分へ向けられたのを、マリアンナは血の気が引く思いで感じていた。

どうすればいいのか分からず、マリアンナは立ち尽くしていた。どうして、何故、という問いだけがグルグルと頭の中を巡り、理不尽さに涙が込み上げる。

誰かに助けを求めて視線を漂わせれば、こちらをじっと見つめているレオナルドと目が合った。

まっすぐに向けられたその眼には、こちらへの悪意があるようには見えなかった。

だからマリアンナは藁《わら》にも縋る気持ちで、その漆黒の瞳を見返した。

——もしかしたら、この伯爵には悪気はなかったのかもしれない。ただ口が滑った言葉を、侯爵未亡人が悪い方向へ持って行っただけのことで……。

そんなことを思っていると、レオナルドの表情がゆっくりりと変化していった。

それはまるで、大輪の薔薇《ばら》が綻ぶ瞬間のようだった。

ふわり、と美しく艶《あで》やかにレオナルドは笑んだ。

芳香《ほうこう》豊かな美酒に酔うかのように、恍惚《こうこつ》とした顔だった。

美しいはずのその表情に、マリアンナの心臓は何故か凍り付いてしまった。

その美しさの向こうにある、何か恐ろしいものを嗅《か》ぎ取ってしまったからだ。

——ダメ！　この男は……。

本能が訴えかける恐怖にマリアンナが身を竦《すく》めた時、レオナルドがうっとりとした笑みのまま、とどめの言葉を放った。


『田舎へ帰りなさい、マリアンナ。ここは君のような人間が来るところではない』


それがマリアンナが『餌食《えじき》』となった瞬間だった。

マリアンナには、伯爵が自分を嫌う理由が分からなかった。マリアンナはレオナルドと面識があったわけでもなく、特に粗相《そそう》をしでかしたわけでもない。それなのに、彼は初対面でマリアンナを目の敵にしたのだ。

社交界の寵児に嫌われた少女が、その後どんな扱いを受けるかは自明の理だ。憐れな田舎者のデビュタントの噂は、あっという間に社交界全体に知れ渡った。

マリアンナは行く先々のパーティーで嫌がらせを受けた。男性はともかく、女性の虐《いじ》め

は陰湿で、聞こえよがしの悪口や、ゲームの際の仲間外れ、時には私物を隠されたこともあった。

マリアンナは、シーズン半ばだというのに社交界から爪弾《つまはじ》きにされてしまったのだ。

——わたしが、何をしたと言うの……！

確かに、マリアンナは馬に跨って乗る。大らかな両親の方針で、六つ年上の兄トリスタンと分け隔てのない教育をされたマリアンナにとって、乗馬は物心ついた頃には既に当たり前の行為だった。

——馬に乗るから、どうだって言うの!?

本来ならば、少々非難がましく眉を顰められる程度のもの。こんなふうに、社交界の人間に、よってたかって虐められなければならないようなことではない。ワインを頭から浴びせられねばならないようなものでは、決して。

マリアンナは唇を噛み締める。

——すべては、あの悪魔のせいよ。

秀麗な微笑で人の心を惑わすあの悪魔——レオナルドが、弄《いじ》って楽しむ標的を、マリアンナに定めてしまったから。

あの男が動けば、ウィンスノートを溺愛するクイーンズベリー侯爵未亡人も動き、人もそれにならうのだ。

——もういい。もう、帰ろう。

レイヴンズバーグへ。尻尾を巻いて逃げ帰ったと誇《そし》りたいなら誇ればいい。あんな心ない人たちに何を言われようが、もう構わない。乙女らしい憧れを抱いてやって来た王都ランドール。華やかで洗練された社交界に、夢を見なかったと言ったら嘘になる。

だが、すべては幻でしかなかった。

憧れの社交界は、魑魅魍魎《ちみもうりょう》の跋扈《ばっこ》する醜く恐ろしい場所だった。

だからもういい。もう、帰ろう。だから、まだ泣いてはダメ。泣くのはレイヴンズバーグに帰ってからでいい。こんな酷い人間ばかりがいる場所でなんか、絶対に泣いてはダメ。

そう自分に言い聞かせ、必死に涙を堪えながらマリアンナは廊下を小走りに駆けた。

「レディ・レイヴンズバーグ！」

背後から自分を呼ぶ男の声がして、マリアンナはビクリと身を竦ませた。振り返れば、そこにはひょろりとした栗色の髪の青年の姿があった。

「ダルトン卿……」

子爵令息であるダルトン卿は、以前、あるパーティーで所在《しょざい》なさそうなマリアンナに、唯一声をかけてくれた人だった。

『大丈夫かい？　気にしなくていいんだよ』

そう気の毒そうに言ってくれたのだ。

皆の見ていない場所でこっそりとだったけれど、マリアンナに優しくしたことがあの悪魔や女狐にばれれば、きっと彼だって立場が悪くなるだろうに、それでも声をかけてくれたことが本当に嬉しかったのだ。

ダルトン卿は赤ワインでずぶ濡れのマリアンナを見て、哀しそうに眉根を寄せた。

「ああ、酷い。どうしてこんなことができるんだろう、可哀想に。……おいで、そのドレスを何とかしなければ。僕のタウン・ハウスはすぐそこだから」

そう言って手を差し伸べるので、マリアンナは困惑した。

もう帰るつもりだったから、衣服はどうでも良かったし、何より未婚女性であるマリアンナが男性と二人きりでいるなど、醜聞《しゅうぶん》以外の何ものでもない。しかも相手のタウン・ハウスに行くなど、あってはならないことだった。

無言のままフルフルと首を振ると、ダルトン卿はますます哀しげな顔になった。

「いいんだ。分かっている。僕は酷いことはしないから、怖くないよ」

まるで怯えたウサギか何かを相手にするかのように声をかけられ、マリアンナは目をパチクリさせた。

「いいえ、大丈夫です。わたしはもうお暇《いとま》するつもりでしたので……」

「イヤな思いをさせたまま帰すのは忍びないんだ。……それとも、僕も怖いかい？」

上目遣いにそう訊ねられ、マリアンナは慌てて否定した。

「いいえ！　そんなことはありません」

ダルトン卿は怖くない。優しくしてくれている。

するとダルトン卿は嬉しそうに笑って、マリアンナの手を摑んだ。

「良かった。じゃあ早速行こう。外に馬車を待たせてるんだ」

「えっ……」

グイグイと腕を引かれ、半ば引きずられるようにして連れて行かれ、マリアンナは焦った。

このまま彼について行くわけにはいかない。

「あ、あの、ダルトン卿……！」

「何をしている」

制止しようと呼びかけたマリアンナの声は、低い艶やかな声にかき消された。

ダルトン卿の身体がビクッと引き攣《つ》ったのが、滑稽《こっけい》なほどハッキリと見てとれた。だがマリアンナも似たようなものだった。身を強張らせて恐る恐る振り返れば、そこには、マリアンナが最も見たくない顔があった。

マリアンナよりも頭一つ分大きな長身を濃紺の夜会服に包み、悠然《ゆうぜん》とこちらに歩み寄って来るのは、レオナルド・アダム・キンケイド——ウィンスノート伯爵その人だった。

——よりにもよって！

一番厄介《やっかい》な人間に見つかってしまった。

またもやこの男に自分を貶《おとし》めるための餌《えさ》を渡してしまった、と泣きたい気持ちになり、マリアンナは俯《うつむ》いた。

そんなマリアンナに、レオナルドはクックッと喉を鳴らして愉快そうに笑う。

一歩一歩優雅な仕草で近づいて、マリアンナたちの目の前まで来ると、ゆっくりと小首を傾げた。

「ほう──君は、ダルトン卿だったね」

名を呼ばれた瞬間、ダルトン卿は摑んでいたマリアンナの手を大きく振り払った。

「ちっ違うんです、これはっ……！　彼女がどうしてもと迫ってきて、仕方なく……！」

「えっ……!?」

マリアンナは呆気にとられて隣の男を見上げる。

ダルトン卿は大袈裟なほどの身振り手振りで、唾を飛ばして喚いていた。

「ドレスが濡れたのが我慢できないと言って、僕のタウン・ハウスへ連れて行ってくれ、と。そんなわけにはいかないからと説明しても、聞いてもらえなくて……！」

先ほど『可哀想に』と憐れんだその口で、嘘八百を並べ立てる彼が信じられず、マリアンナは呆然とその様子を見つめていた。

すると、手を顎に当てて黙っていたレオナルドが、ポンポンとダルトン卿の肩を叩いた。

「ああ、君の受難はよく分かった。大変な目にあったね。後は私が引き受けるから、君は戻ると良い」

それを聞いたダルトン卿は、あからさまにホッとした表情でレオナルドに頭を下げると、マリアンナを一瞥することもなく立ち去って行った。

マリアンナがそれを言葉もなく見送っていると、パサリと目の前が白い何かで覆われた。

「……え」

驚いて手をやれば、それは艶やかなシルクのハンカチーフだった。

一体誰の？　と思ったが、今マリアンナの傍にいるのはレオナルドだけだ。

でも何故、レオナルドのハンカチーフがマリアンナの頭に乗せられているのだろう。

「拭きたまえ」

苛立ちを抑えたような声色に、マリアンナは顔を上げた。

レオナルドが不機嫌そうな顔でマリアンナの濡れた髪を見ている。その蔑《さげす》むような眼差しに、マリアンナは涙が込み上げた。確かに、こんな濡れ鼠のような有様は見苦しいかもしれない。けれど――。

――誰の、せいだと……！

泣き出しそうになっていると、更に追い打ちのように溜息をつかれた。

「泣くくらいならこんなところに来ないことだ、マリアンナ・アメリア・ベイリング。君には田舎で馬を駆っている方が似合っている」

『馬を駆る』

その台詞に、マリアンナはカッと怒りに火が点《つ》くのが分かった。

「馬に乗るのがそんなにいけないことですか？」

涙を堪えてそう食ってかかれば、レオナルドは眉を上げた。

「そうは言っていない。だがこの王都にあっては、褒《ほ》められた行為ではないということだ」

「だから田舎へ帰れと？　馬に跨って乗るような田舎娘には、社交界は相応しくないから？　……何故なんですか？　わたしには、結婚相手を探すことすら許されないの……!?」

涙を浮かべて怒りを露わにするマリアンナに、レオナルドは一瞬虚を突かれたような表情になった。しかし、食い入るようにマリアンナを凝視した後で、艶っぽく笑った。

その笑みにゾッとするものを感じて、マリアンナはたじろぐ。

この男は、不意にこんな表情を見せる。

心底嬉しそうな、恍惚とした――喜悦の表情。

その表情を見る度、マリアンナは狼に追いつめられたウサギのような気分になってしまうのだ。

――怖い。

そう思うマリアンナとは対照的に、レオナルドはますます笑みを深める。

「あれだけの赤っ恥をかきながら、男を誑《たぶら》かす手は緩めない、か。さすがは『乗馬好き』のマリアンナ・アメリア・ベイリング嬢」

滔々《とうとう》と喋るレオナルドを睨みつけながらも、マリアンナはじりじりと後退した。この男とは少しでも距離を取っていたかった。だが逃げ腰になってしまっているのを悟られるのも悔しくて、つっけんどんに言い返す。

「た、誑かすだなんて……。わたしはそんなことしていません！」

するとレオナルドは哄笑《こうしょう》した。

「どこが！　少し優しくされたからと言って、ホイホイとついて行っていただろう？　ついて行ってどうなると思っていた？　愛を囁かれ、求婚されるとでも？」

「そんなこと……！」

否定しようとするマリアンナを無視して、レオナルドは笑った。皮肉めいた、酷く冷淡な笑みだった。

「おめでたいね、マリアンナ。君がまともな淑女として扱われるとでも思ったのか？　君が何と言われているか知っているか？『乗馬好きのマリアンナ。男に乗るのもさぞかし上手だろう』」

「ひ、ひど……」

あまりの言われように、マリアンナは絶句する。

マリアンナはこれまで一度も男性とそんな関係になったことはない。花婿を探すためのこの社交界で爪弾きにされて、男性はおろか女性ですら寄って来ないというのに。

涙目で唇を噛むマリアンナに、レオナルドは長い脚で更に一歩詰め寄ると、その鼻先まで顔を近づけた。驚いたマリアンナは逃げようと咄嗟に後ろに下がったが、もうそこは壁で、ドン、と背中をぶつける羽目になる。

追いつめられ狼狽《ろうばい》していると、レオナルドの手が顔の両脇に置かれ、マリアンナは逃げ場を完全に失ってしまった。

せめて怯えを見せたくないと睨み上げると、レオナルドの美しい笑みとぶつかった。

それはまるで慈悲の神イテュスのような優しげな微笑みで、マリアンナは泣きたくなった。

——慈悲の神すら、わたしをお見捨てになったかのよう。

「あの男だって、君を誘ったのは大方話のネタにでもしようと思ったんだろう。あの『乗馬好き』は、夜どんなふうだったか、そう嘲るためにね。勿論結婚など考えているはずもない」

レオナルドはせせら笑った。

——何が、そんなにおかしいの？

自分が何をしたというのか。

何もしていない。

こんなにも蔑まれ、貶められるようないわれは何もないのに。

戦慄《わなな》きそうになる唇を一度ぎゅっと噛み締めて、マリアンナはギッと目の前の悪魔を見据えた。

その眼差しを受けて、レオナルドはますます笑みを深めた。

嬉しくて堪らない、そんな満面の笑みだ。

その表情を見て、マリアンナは確信した。

——サディスト……！

この男にとって自分は、いたぶり追いつめて楽しむためのオモチャだ。自分が弱みを見せて泣き喚くほど、この男を悦《よろこ》ばせることになるのだ。

——決して、あなたには屈しない！

「大嫌い……。あなたなんか、大嫌い！」

決意を込めてそう言い放つと、レオナルドは一瞬、意表を突かれたような顔になった。まるでそう言われることが心外だとでも言うように。

どこまでふざけた男なのだろう。

マリアンナの怒りをよそに、レオナルドはどこか遠くを見るような眼をして、マリアンナの翡翠の瞳を覗き込んだ。睨み上げていたはずのマリアンナは、まっすぐ合わせられたその漆黒の瞳の色合いの深さに息を呑んだ。

吸い込まれるような深い黒。そこには様々な感情が見えた気がした。

憐れむような、それでいて自嘲《じちょう》のような。

複雑なその瞳は、まるで何かをマリアンナに訴えかけているようだった。

——何故、そんな眼でわたしを見るの……？

すっかり狼狽したマリアンナは、レオナルドが緩慢な動きで自分の頬に手を伸ばしてきたのを、呆然と見つめるしかできなかった。

長い指の背が、マリアンナの頬の輪郭《りんかく》をなぞっていく。

触れる指先は冷たく、マリアンナの肌がゾッと粟立《あわだ》った。振り払えばいいのに、まるで金縛りにあったように身動きが取れない。

「私の、小鳥……」

レオナルドが何か呟いた気がしたが、小さ過ぎて聞き取れなかった。

こめかみに張り付いた赤毛を伝って、浴びせられたワインが一滴頬に流れた。自分の体温で温まってしまったその雫が、やけに生温く感じられたその瞬間、マリアンナは仰天した。

レオナルドがそれを舐め取ったのだ。

形の良い唇から覗く赤い舌が、酷く艶めかしくて、マリアンナの頬がみるみる朱にそまる。

「やめてっ……！」

気が付けば、レオナルドの頬を引っ叩いていた。

動揺のあまり手加減ができなかったせいか、女の力とはいえレオナルドの顔は真横に振れて、その頬は赤くなっていた。

――やってしまった……！

正当性があるとはいえ、よりによってこの悪魔を引っ叩いてしまった。

この後の報復を思ってゾッと背筋が凍り、マリアンナは身を捩ってレオナルドの包囲を逃れる。

そのままなりふり構わずドレスの裾をたくし上げて走り出すマリアンナの背に、レオナルドが言い放った。

「早く故郷に帰ることだ、マリアンナ・アメリア・ベイリング。君には、田舎の空気の方が似合っている」

——言われなくとも！

マリアンナは振り返ることなく走りながら、心の中でそう叫んだ。

あんな悪魔がいるところなど、誰がこれ以上いたいと思うものか。

負け犬だと思われてもいい。

いわれのない誇りを受けて侮辱されるのはもうたくさん！

頬を伝うのは、浴びせられた赤いワインなどではない。

マリアンナの苦く熱い怒りの涙だ。

——帰ろう。レイヴンズバーグへ。

あの温かく優しい故郷へ。

もう二度と、あの男に心を乱されることのないように。

第一章　初恋

今日は木曜日。領内にある教会へ行って、子供たちに物語の読み聞かせをする日だ。

マリアンナは読書が好きだった。様々な知識を取り入れるのが面白かったし、騎士や姫君の恋物語も、王子が航海をしていろんな異国を飛び回る冒険物語も大好きだった。何よりも好きなのは、白き魔女が邪悪な魔王を倒す物語。美しく嫋《たお》やかな白き魔女が、己の使命を思い出して魔力を取り戻し、狡賢《ずるがしこ》い魔王を打ち倒した時には、感動に震えたものだ。

物語は偉大だ。空想の世界とは言え、いや、空想の世界だからこそ、胸が沸き立つような、時には涙が震えるような感動を人に与えられるのだから。

このレイヴンズバーグの屋敷には大きな図書室があり、様々な種類の書物がぎっしりと詰め込まれている。字を覚えた頃からそれらを読み放題だったマリアンナにとって、本は身近な娯楽だった。

だが、庶民にとってはそうではない。まだまだ書物は高額なもので、彼らがおいそれと手に入れられる代物ではないのだ。マリアンナはそれが残念でならない。

一度母と奉仕活動に訪れた教会で、領民の子供の多くが文字を読めず、本を読む機会どころか、文字を学ぶことすら適《かな》わないのだと知ったマリアンナはショックを受けた。

物語が与えてくれるあの感動を知らないで大きくなる子供が居るなんて！

だからマリアンナは、近くの教会に仕えるレイ神父に『物語の読み聞かせ』を申し出たのだ。

王都ランドールにあるアトロス聖教会は、この国エストロイアの守護神アトロイオスを祭る総本山だ。そのアトロス聖教会から正式に派遣されたレイ・デヴォン神父は、二十五歳という若さで神父の資格を取っただけあって、非常に優秀で誠実な人物だった。彼は一も二も無くマリアンナの申し出を受け入れてくれた。

「あなたのように寛容で清廉な心を持つ淑女は、そういらっしゃらない」

柔らかそうな白金の髪を揺らし、金の瞳を細めてレイ神父は微笑んだ。その典雅で艶やかな微笑みに、マリアンナは賞賛の溜息を漏らしつつ、先日メイドのサリーから聞いた噂に納得した。

『レイ神父のお美しさと言ったら！　あまりの美貌に、他の聖職者の皆様を魅惑してしまわないように、こんな片田舎の教会に追いやられてしまったそうですよ』

聖なる教会に向かって何を馬鹿げた暴言を、と思っていたが、本人を目の前にすればさもありなん。白磁の肌に白金の髪、そして煌めく金の瞳。目の覚めるような優美な容貌を持つレイ神父は、麗人と呼ぶに相応しい。ほっそりとしなやかな肢体《したい》は、男性と言うよりはまだ少年のようにも見えるが、女性よりは線が太い。

——まるで、アトロイオスそのものね。

この国の守護神アトロイオスは、太陽と月、陽と陰とを司る、両性具有の美神だ。レイ神父はまさにそのアトロイオスの化身のようだった。

優秀でなおかつこのような美貌を持つ聖職者が、何故レイヴンズバーグのような片田舎に？　とは、誰もが至極当然に持つ疑問だろう。

——この美貌なら、あの噂も馬鹿にできないかもしれないわ。

マリアンナはそんな不埒なことを心の中でひっそりと思いつつ、神父の言葉に慎み深く返した。

「そんなことはありません。読み聞かせくらい……。募金集めや、チャリティーパーティーなど、もっと大々的に慈善活動をしていらっしゃる方に比べたら……」

だがレイ神父はキッパリと首を振った。

「いいえ。あなたのように自分の時間を使って、手ずから何かをしようとしてくださる方は、本当に稀《まれ》なのですよ」

にっこりと微笑んで、マリアンナの手を力強く握ってくれたレイ神父は、とても頼もしく見えた。彼の温かく熱誠《ねっせい》な対応は、マリアンナのすさんだ心にじんわりと広がった。

そうして始まった毎週木曜日の子供たちへの読み聞かせは、そろそろ三ヶ月になろうとしていた。最初はぎこちなかったマリアンナの朗読も、今やお手の物。登場人物によって声色を使い分け、臨場感溢れる語りになっているという自負がある。そう思えるだけの反応が子供たちから返ってくるのだから。

子供たちはとても可愛い。どの子も朗らかで無邪気で、多少の喧嘩はあるものの、皆仲良しだ。そんな子供たちの、純粋で澱《よど》みがないそのきららかさに触れていると、何だか自分も子供の頃の素直さを取り戻せる気がしてしまう。

マリアンナは素直……というか、田舎育ちならではの純朴な少女だった。他人の言うことを簡単に信じたし、他人の悪意に鈍感だった。自分に悪意を向けられるなんて、思いもしていなかったのだ。よく言えば純真、悪く言えば愚鈍《ぐどん》。要するに、そこがあの男の気に障ったところだったのだろう。

マリアンナは握っていた本から手を放した。怒りにまかせて危うく破るところだった。

──まったく、嫌なことをこんなに何度も思い出すなんて。今日はどうしたって言うの。

子供たちへ読んであげる本を用意しているところだと言うのに。

そう、子供たち。好奇心旺盛で無垢で、マリアンナの朗読を心待ちにしてくれている。

「ああ、そうだわ。エマのビスケットを持って行けば、もっと喜ぶに違いないわ」

何しろキッチンメイドのエマは、ビスケットを焼かせたらこのレイヴンズバーグ一なのだから！

マリアンナは、思い出したくない過去の断片を、振り払うようにして台所へと向かったのだった。

＊

この日の読み聞かせの反応も上々だった。子供たちは目をキラキラさせて、マリアンナの語る英雄の冒険物語に聞き入っていた。一冊読み終われば、

「マリアンナさま、もういっさつ！」

「次読んで！　次！」

「次は王女さまのお話がいい！」

「バカ言うな！　海賊の話だぞ！」

と、かしましくも可愛らしいおねだりをされる。

ねだられるままに二冊、三冊と読み聞かせ、四冊目を読み終えた頃には、マリアンナはすっかりくたびれてしまっていた。その様子を見ていたのかレイ神父が見計らったように声をかけてくれる。

「さぁ、皆さん。今日はレディ・マリアンナがビスケットを持って来てくださいましたよ。木苺《きいちご》のジャムつきです。手を洗ってから頂きましょう」

食べ盛りの子供たちは、甘いお菓子の誘惑に歓声を上げて飛びついた。

わぁわぁと騒ぎ立てながら手洗い場へと連れ立っていく子供たちの後ろ姿を見ながら、

マリアンナは苦笑して神父に礼を言った。

「ありがとうございます。あと一冊も読めば、当分声が出ないところでした」

　すると神父はクスクスと笑った。

「それは大変です。あなたの小鳥のような可愛らしい声が聞けなくなるなんて、私にとっても酷い災難です」

　長い睫毛《まつげ》を伏せてこちらを甘く見つめる神父の笑顔に、マリアンナは苦く微笑んだ。

「とんでもありません。可愛くなど、ありませんわ」

　自分を少しでも可愛らしいと思えていた自意識は、三年前のあの屈辱の日以来、奇麗に消え去ってしまった。

　思えば、それまでマリアンナに『可愛らしい』とか『奇麗だ』とか褒め言葉をくれたのは、大抵両親や兄、そして家の使用人、もしくは領民たちだ。その褒め言葉はどう考えてもお世辞か、良くて身内贔屓《みうちびいき》のものでしかない。

　マリアンナはまがりなりにも貴族令嬢で、使用人や領民たちに比べればそれ相応に洗練されていた。だから、『自分はそれなりに可愛らしい』と勘違いをしてしまっていたのだろう。

　実際には、田舎者丸出しの垢抜《あかぬ》けない娘でしかなかったというのに。

『ここは田舎ではないのだから』

　――ああ、嫌だ。

三年経った。あれから、もう三年だ。

それなのに未だこうして脳裏に甦るあの嘲笑に、マリアンナはブルリと身を震わせた。

あの、血が沸騰してしまいそうな屈辱。あの屈辱を経た今は、もうあんな勘違いをしたりはしない。

「神父さまはお優しいのですね。わたしのような田舎娘にも、そのようなお言葉をかけてくださるなんて」

自嘲めいた笑みを口元に忍ばせるマリアンナに、レイ神父はその表情に少し哀しげな色を滲ませた。

「お世辞などではありません。あなたは、声も姿もとても可愛らしい。田舎娘？　いいえ。あなたはどこに居ても、その清らかな輝きが損なわれることはありません。そう……あなたは変わらない。その目映《まばゆ》い純粋さは、昔から……」

この台詞に、マリアンナは「え？」と首を傾げた。

「昔から？」

レイ神父は三月前にこちらへ派遣されたばかりだ。今の言い方では、まるでずっと以前からマリアンナを知っていたかのようだ。

するとレイ神父は気まずそうに頷いた。

「ええ、昔から。私はずっと前からあなたを知っているのですよ。残念ながら、あなたは覚えていらっしゃらないようですが……」

「え……？」

まさかの言葉に、マリアンナは驚愕した。

――レイ神父とわたしが知り合い？　ずっと前からの？

記憶を探るも、その片鱗《へんりん》すら思い出せない。

レイ神父がこちらに来る前ということは、考えられるとすれば、三年前のあの社交界デビューの時だ。何しろマリアンナはそれまで一度もレイヴンズバーグを出たことがなかったのだから。

だが、彼のような美貌の持ち主ならば、すれ違っただけでも記憶に残るはずだ。……しかしランドールでのあの悪夢のような思い出に塗りつぶされて思い出せないということもある。

「あの……それは、ランドールで、でしょうか？」

恐る恐る訊ねると、神父はいいえ、と首を振った。金糸のような巻き毛がふわりと肩で揺れる。

「ランドールではありません。ずっと前のお話ですよ」

「ずっと前……」

となると、もうレイヴンズバーグでの出来事に限定される。だが、神父と出会った記憶など無かった。

必死で思い出そうとするマリアンナに、神父は優しく笑ってくれた。

「いいのですよ、気になさらないでください」

「す、すみません……」

すっかり恐縮してしまったマリアンナの肩に、神父がそっと手を置いた。

「いいえ。でも、いつか思い出してくださると嬉しいですね。あなたとの思い出は私にとって、とてもとても大切なのですよ」

大切な思い出。

そう言われてしまうと、思い出せないことがますます申し訳なくなる。

マリアンナが眉を下げて見上げると、神父は一瞬目を瞠って、それから声を上げて笑い出した。

「まるでお腹を空かせた仔犬《こいぬ》のような顔ですね」

「っ！」

マリアンナは真っ赤になって自分の顔を両手で押さえた。

神父はクスクスと笑いながら、顔を覆っているマリアンナの手を片方取ると、にっこりと微笑んだ。

「さぁ、私たちもビスケットを頂きに行きましょう。子供たちに全部食べられてしまう」

握られたその手はほっそりと優美で、けれどマリアンナよりは一回り大きく、温かかった。

教会からの帰路、自分を乗せてゆったりと歩む葦毛《あしげ》の愛馬の背を撫でながら、マリアンナは周囲の景色を楽しんだ。

夏には輝くような緑に生い茂っていた森の木々は少しずつ黄色や赤へと色合いを変えている。風は冷たいと言うほどではないけれど、夏の残り香は随分と薄れ、金色の秋の気配を纏い始めている。

マリアンナは目を細めながら、愛馬に話しかけた。

「この季節は美しいわね、サラマンダ。わたしは秋が大好きよ」

この若馬は葦毛の名馬の娘で、親に似て気性の荒い馬だったが、生まれた時から世話をしてきたマリアンナにだけは忠実だった。

「少し駆けましょうか、お前も走りたいでしょう？」

風を感じたくなってそう言えば、賢い愛馬は、主人の言葉をすぐさま解《かい》して歩みを速める。マリアンナは微笑み、両の太腿に力を込めた。

マリアンナは貴族の女子がするような横乗りを決してしない。それは乗せる側の馬にとっても、乗る側の人間にとっても無理のある体勢であり、それをすれば馬が嫌がるどころか、乗っている人間を軽視して言うことを聞かなくなると知っているからだ。特にサラマンダは誇り高い。自分が認めていない人間は振り落としてしまう。

なので、マリアンナは今、ドレスを着ていない。馬に跨って乗るには非合理的だからだ。彼女は今、男性が穿くブリーチズ、フリルの付いた白いシルクのシャツにモーニングコートといった出で立ちだ。勿論自分のものではなく、六つ年上の兄、トリスタンの少年時代のものだ。

彼女、マリアンナ・アメリア・ベイリングは、レイヴンズバーグ子爵令嬢だ。マリアンナとて、良家の令嬢が男装をして馬を走らせることの非常識さは理解している。真っ当な令嬢なら、コルセットを嵌めて床を引きずるドレスを着て、今流行りのコワッフとかいう頭に乗っているだけのお飾りのような小さな帽子を着けて、レースの日傘を差して歩くべきなのだ。

勿論、マリアンナとて必要がある時はそうする。

事実、三年前の社交界シーズンでは、デビュタントらしく、飛び出ず目立たず家庭教師の言う通り、淑女然としてみせた。大体、そうやって淑女らしく振る舞うのが嫌いなわけではない。美しく装って華やかに礼儀正しく振る舞えば、己の自尊心を満足させてくれるし、貴族にはそう言った振る舞いが不可欠だとも理解している。異を唱えるつもりはまったくもってないのだ。

だが、世間はそうは思ってくれない。

――あの男のせいで。

あの男が、マリアンナの人生をめちゃくちゃにしたのだ。

人生で最も闇に葬りたい記憶を掘り起こしてしまい、マリアンナは溜息をついて首を振った。

冗談じゃない。

未だにあの悪魔のことを気にするなんて、まったくもって馬鹿げている。

忘れればいいのだ、あの悪夢のような日々は。

ここにはあの悪魔は居ない。

平凡で穏やかなだけの片田舎、レイヴンズバーグ。父の領地であるこの土地は、王都から遠く離れてはいるが、南に位置し、暖かく肥沃《ひよく》な土地に恵まれている。領民は皆活気があり穏やかで、領主の娘であるマリアンナにも寛大だった。

幼い頃に領民の子供たちと転げ回って遊んだお嬢さまが、年頃になったというのに、男の恰好をして馬を乗り回していても、彼らは温かい眼差しを送るだけだ。

ここにはマリアンナの行動をとやかく言う連中は居ない。

そして王都の嫌な噂は届かない。

だからマリアンナはここにいるのだ。

マリアンナはこの秋、十九歳になる。貴族の娘としては行き遅れの部類に片足を突っ込んでいる。そもそも、結婚相手を決めるためのお見合いパーティーでもある、王都の社交界に出入りしていないのだから、結婚が決まるはずもない。あの時も、シーズンの半ばでレイヴンズバーグに逃げ帰った。それ以来、この土地を出たことはない。

それで良かった。

あんな思いをするくらいなら、華やかであろうと刺激的であろうと、もう二度と王都には行くまい。そう決心したのだから。

　売れ残りになったとて、あの優しい兄は自分を追い出したりはしないだろう。トリスタンはいつだってマリアンナの味方だった。

　幸いこの豊かなレイヴンズバーグが財政難に陥る心配はない。マリアンナくらい、きっと養ってくれる。それが無理なら、修道女になるのもいいかもしれない。つつましい暮らしをしたことはないが、人生に華やかさを諦めたマリアンナにとって、さほど苦にならないだろう。ただ、馬に乗るのを許されないだろうから、それだけが辛そうだ。

「できるなら、あなたとずっと一緒に居たいものね、サラマンダ」

　息を弾ませながらそう呟くと、サラマンダは無垢な瞳を瞬かせ、肯定するかのように小さく嘶《いなな》いた。

＊

　その日、夕食の頃合いに思いがけず兄のトリスタンが帰宅した。

「トリスタン！　どうしたの、急に」

　マリアンナは丁度ダイニングルームに行くところで、乗馬姿のままこちらへ近づく兄に出くわした。

「マリアンナ、元気そうだな！」

驚く妹に、兄はパッと爽快な笑みを見せて抱擁した。

兄妹が会うのは実に三ヶ月ぶりだった。

兄はランドールで社交シーズンを過ごした後、王の命令でそのまま王都に留まっていた。王国親衛隊に属していて、射的と乗馬の名手である彼は、現王の覚えもめでたく一年のほとんどを王都で過ごしている。

それでも故郷レイヴンズバーグをこよなく愛する彼は、こまめに休みを取っては帰省して領民との親睦を深めていた。しかし理由はそればかりではないだろう。恐らくは、領地に引き篭もって久しい妹を心配して、だ。

優しい彼は、妹の心配ばかりで自分のことはいつだって後回しにしてしまう。

「ふふ、元気よ。お兄さまはまた逞《たくま》しくなったわ」

「強そうに見えるかい？」

おどけて力瘤《ちからこぶ》を作ってみせる兄に、マリアンナはクスクスと笑った。

「見えますとも！　それで？　今シーズンは、素敵な花嫁候補は見つからなかったの？」

マリアンナがからかうように聞けば、案の定トリスタンは渋面をつくった。

両親の厳命で、彼は毎年社交シーズンには様々な舞踏会に参加していた。

「見つかるわけがないだろう？　お前だって知っているくせに」

トリスタンは苦々しく吐息を漏らす。その様子が酷く切なそうで、マリアンナは自分の軽率さを悔やんだ。

「ああ――本当に、彼女はどこに居るんだろう？」

トリスタンには、既に心に決めた女性が居る。

おぼろげだが、マリアンナも知っている人だった。

トリスタンが十二歳、マリアンナが六歳の夏だったと思う。

マリアンナたちがよく遊んでいた草原に、唐突に現れた不思議な美少女。

月の光の巻き毛を三つ編みに結い、いかにも貴族の子供といった身なりの、天使のように愛らしい女の子だった。

驚きつつも、子供らしい率直さで『一緒に遊ぼう』と誘ってみれば、彼女は驚いたように目を瞬かせて、『……いいの？』と聞いた。

トリスタンは、その笑顔に心を射抜かれて以来、彼女一筋に初恋を貫いている。

その後彼女は、現れた時同様、突然居なくなって行方もわからない。

子供の淡い初恋だ。それで終わりになりそうなものを、トリスタンは諦めなかった。

彼は次の年、それまで頑として行こうとしなかった、ランドールの寄宿学校への入学を決めた。寄宿学校は貴族の子息たちが集まる場所だ。うまくいけばあの少女のことが分かるかもしれない。レイヴンズバーグでは得られなかった情報を、得られるかもしれないと思ったのだ、と後日熱く語っていた。

あのもやしっ子を、ここまで追い立ててしまうのだから、恋の力は凄いものだと思う。

だが、そういうマリアンナにも、初恋はあった。

それは十五歳の初夏だった。

その日、マリアンナはいつものようにトリスタンの服を借りて、遠乗りに出かけていた。今から四年前のその頃は、サラマンダはまだ仔馬だったので、乗っていたのは別の馬だったはずだ。

春が終わる頃、マリアンナには毎年、秘密の楽しみがあったのだ。

それは東の森の中にある湖で泳ぐこと。

奇麗な湧水でできているその湖は水が澄んでいて美しく、しかもレイヴンズバーグ子爵の私有地でもあるので、領民は許可なく立ち入れない。つまりほとんど人の来る恐れがないため、マリアンナのやりたい放題というわけだ。

マリアンナは湖まで来ると、馬を手近な木に繋いで、湖畔に駆け寄った。

湖は変わらない清廉さで、底に沈む小石までよく見えた。

「ああ、本当に奇麗！」

マリアンナは独りごちると、袖をまくって湖に手を入れた。ひんやりとした、心地良い感触が身体に伝わる。今日はじっとりと汗ばむほどの気候だからきっと水の中に入ってしまえば気持ちがいいはずだ。

マリアンナは立ち上がり、手早く服を脱ぐと、濡れないよう水から離れたところへ置いた。一糸纏わぬ姿になって、「せーの」と自ら勢いをつけて水の中に飛び込む。

どぷん、という水音が頭の上の方で聞こえた。

奇麗なフォームで水に沈むと、身体を水に馴染ませるためにしばらく潜水して足だけを動かした。やはり水はまだ冷たかった。それでも、この清涼感を味わえるのなら、いくらでも我慢できる。小さな淡水魚が脇を泳いでいくのを目で追いながら、マリアンナは湖の美しさを楽しんだ。

——ああ、キレイ。

日常の嫌なことすべてが洗い流されるようだ。

社交界へのデビューのためにつけられた家庭教師は、とても厳しい人だった。マリアンナのやることなすことすべて気に食わないらしく、目を吊り上げてガミガミとヒステリックに怒鳴ってくる。そんな人と毎日一緒にいなくてはならない苦痛に、マリアンナはその頃うんざりしていた。

だがこうしてこの美しい澄んだ水の中を泳いでいると、その鬱々《うつうつ》とした気分も吹き飛んでしまう。

これだから、たとえ大目玉を喰らっても、この湖で泳ぐのを止められないのだ。きっとマリアンナが今でもこうして裸になって泳いでいることを知ったら、あの家庭教師などは卒倒するに違いない。

——絶対にバレないようにしなくては。

そろそろ息が続かなくなってきたので、マリアンナは浮上し、湖面に顔を出した。

その時――。

「大丈夫か！」

轟くような男の声がして、続いてザブン、と派手な水音が立った。

――え!?

ギョッとしたマリアンナは一瞬硬直するも、こちらへ猛然と泳いでくる男の姿を見て、これまた猛然と逃げるために泳ぎ出した。

「待て！　暴れるな!!」

――暴れていません！　あなたから逃げてるんです!!

そう言いたかったが、全裸で泳いでいたのがレイヴンズバーグ子爵令嬢だったと知られれば、目も当てられない事態になる。

しかし、しばらくして、男はマリアンナがスイスイと泳いでいることに気が付いたらしい。

「泳げるのか!?」

――その通りですとも！

だが動転しているマリアンナにはそれに答える余裕などなく、ただ早く逃げなければとあたふたと岸へと進んでいく。

後ろで男が何か言っているがそれどころではない。

泳ぎの得意なマリアンナにしては、バシャバシャと派手な水飛沫を上げてようやく岸に辿り着いて気付く。

——わたし、裸だったのだわ。

このまま岸に上がれば、自分の裸を見ず知らずの男に晒すことになる。だがこのままあの男に近づかれても、裸だとバレる。逡巡している内に、いつの間にか男はすぐそこまで迫っていたらしい。

「待て、泳げるのであれば——」

いきなり声をかけられ、マリアンナは傍目からもハッキリ分かるほどビクン、と身体を震わせ、振り返ることもせず飛び退くようにして岸に上がった。

「怯えなくてい——え!?」

——気付かれてしまった!

男は絶句しているようだった。

更に悪いことに、勢い良く湖から出たはいいが、最初に飛び込んだ側の岸ではなかったらしく、脱いで置いていた服がない。

——どうしよう!

半分泣きそうになりながら、とにかく男の眼から自分を隠したくて、近くにあった太い樹の幹の後ろに隠れた。隙があれば逃げたいが、いかんせん全裸だ。湖ならともかく、全裸で森の中を駆け回るのには抵抗があった。

それでも何かないかと辺りを見回して、絶望する。すぐそこに、立派な体躯の黒馬がいたのだ。それはマリアンナが乗って来た馬ではない。この状況からしてあの男の馬なのだろう。

そしてあの男は馬を取りに必ずそこへ来るということで。

また全裸を見られながらどこかに移動しなければならない。

ぐらりと眩暈《めまい》がしそうになったが、これも身から出た錆である。父や兄の苦言を聞かなかったからこうなったのだ。

——助けて、トリスタン……！

ここにいない兄を身勝手に呼んでみたが、そう都合良く現れてくれるはずもない。ガックリとした時、バサリ、と頭に何かが降ってきた。

「え……」

ふわり、と知らない香水の香りが鼻をかすめる。

驚いて頭のものを広げてみれば、それは上等な生地で作られたモーニングコートだった。

「それを着なさい、お嬢さん」

少し離れた場所から声がして、マリアンナはギクリとした。

どうやら男も水から上がっていたらしい。そしてこの上着はその男のものらしい。コートの質から察するに、裕福な貴族なのだろう。

戸惑っていると、木の向こうからジャッという衣服を絞る音が聞こえてきた。男は服を着たまま湖に飛び込んだらしい。恐らく、マリアンナに放ったこの上着は、飛び込む前に脱いだのか、或いは元から脱いでいたのだろう。

マリアンナは改めて、男の顔はおろか、姿すらまともに見ていなかったことに気付いた。動転していたし、こちらの顔を隠すのに必死だったからだ。

見知らぬ男性の衣服に濡れた身体のまま袖を通すのは躊躇われたが、それでも裸でいる羞恥心の方が勝った。マリアンナは素早くそれを羽織り、こっそりと木の向こうを覗くが、既にそこに男の姿はなかった。

——どこに？

と思った時、目の端で黒いものが動いた。

馬だ。そう思ってそちらを振り返れば、紳士がずぶ濡れのまま馬に跨っている後ろ姿が見えた。何も言わずに馬に合図をしようと足を動かしたのを見て、マリアンナは慌てて声をかける。

「あ、あのっ！」

すると紳士は動きを止めて、こちらを振り返らずに声を張り上げた。

「驚かせてすまなかったね。だが溺れているように見えたんだよ」

——ああ、この人は、だからあんなに必死に泳いで来てくれたんだ。

自分の衣服が濡れるのも構わずに。

それが分かって、マリアンナの胸は熱くなった。

そのまま紳士が馬を駆って行こうとしたので、マリアンナは慌てて声をかける。

何か、何か言わなくては……でも、何を？

「あ、ありがとうございました！」

結局大声でそれだけ言うと、紳士は背を向けたまま、「ははっ」と笑った。こちらを向かないでいてくれるのは、マリアンナを慮《おもんぱか》ってだろう。

「もう、裸で泳いではいけないよ、小鳥ちゃん！」

そう言い置くと、今度こそ馬を駆って行ってしまった。

マリアンナは紳士の姿が見えなくなっても、しばらく呆然とそこに佇んでいた。

――なんて、素敵な人だったんだろう。

見ず知らずのマリアンナのために湖に飛び込んでくれたばかりか、ただ泳いでいただけだったことに腹も立てなかった。紛らわしいことをするなと文句の一つも言ったっていい状況だったのに。

その上、マリアンナが泳いでいたのを咎《とが》めなかった。

家族がのんびりとした――というより放任主義だったせいか、マリアンナは天衣無縫《てんいむほう》に育ってしまった。社交界デビューを一年後に控えて、レイヴンズバーグ子爵家では、娘が淑女の枠組みから逸脱し過ぎているという問題が立ち上がっていた。このままでは社交界で口さがない者たちに悪く言われるかもしれないと憂慮した子爵が、マリアンナに家庭教師をつけたのだ。

あの家庭教師ならば、きっとヒステリーを起こして叱りつけるだろうに、あの人は笑っただけだった。

なんて優しい紳士だったんだろう。

背が高く、水に濡れた髪は黒っぽく見えた。

あんなふうに、大らかな人になりたい。

あんなふうに、スマートな人になりたい。

素敵な淑女になって、もう一度あの人に会いたい——。


それが、マリアンナの初恋だった。

借りたコートはメイドに奇麗に洗濯してもらって、今も部屋のクローゼットにしまってある。いつか、これを彼に返すのだ。立派な淑女になって、この想いを告げよう。そう心に決めた。

だから、その日からマリアンナは頑張った。家庭教師の言いつけを守り、清楚に、優雅に振る舞えるよう、一生懸命努力したのだ。

——あの人に似合う、淑女になるために。

その努力を、あの男が木端微塵《こっぱみじん》に打ち砕いたのだ。

レオナルドが立てたマリアンナの悪評は、あの紳士の許にも届いているに違いない。再び会えたとして、彼がマリアンナを選ぶことは決してないだろう。誰が『馬に跨るのが得意な田舎娘』にわざわざ手を出そうとするものか。

そもそもこんな悪評が立ってしまったのに、彼にもう一度会う勇気など、マリアンナにはなかった。

もし、あの優しかった彼に、レオナルドのような軽蔑に満ちた目を向けられたら？

多分、わたしはもう二度と立ち直れない。

それを分かっているからマリアンナは心を閉ざした。恋への心の扉を閉ざして、この平穏なレイヴンズバーグに閉じ篭もっているのだ。

マリアンナは、切なげに溜息をつく兄をそっと抱き締めた。

兄の心の恋人は、未だに見つかっていない。

それでも兄は彼女を想い、探し続けている。運命の恋人を。

「――いつか……いつか、会えるといいわね。本当に、きっと、いつか」

心を込めてそう囁くと、兄は妹をそっと抱き締め返して頷いた。

「ああ。そうだな。ありがとう、マリアンナ」

＊

息子の唐突な帰宅に驚きつつも、両親は大いに喜んだ。

「もう、早めに言ってくれれば、あなたの好きな雉《きじ》を用意させたのに！」

嬉しそうにしながらも唇を尖らせる母を、トリスタンは「まあまあ」と宥めていた。

夕食は鶏のソテーだったが、いつも通りとても美味しかった。

父とトリスタンはいつもの如く、王都での政治の話題になる。

「ランドールはどうだ。何か変わったことはあるか」

「王に於かれては特にこれと言って。けれど、教会側では少々」

「ほう」

「教皇は先の冬の寒さが御体に堪えられたようで、ご公務にも差し障りが出て来ていらっしゃるようです」

「なるほど。教皇ももうご高齢だ。ご自愛頂かなくてはならないな」

「そうですね……ですが、かの『アトロイオスの化身』がいらっしゃるのですから、次代の御世も安泰でしょう」

「それもそうだな」

神聖国エストロイアは、政教協約型の国家である。

国の政治を担うロンダール王家と、信仰を担うアトロス聖教。そのアトロス聖教の頂点におわすのが、教皇である。教皇は先教皇が亡くなった後、選挙によって選ばれるのが慣例だったが、今代だけは違っていた。

まだ現教皇が存命の内に、次期教皇が決まったのだ。

次期教皇は特殊な存在だった。生まれる以前に『アトロイオスの化身が世に降りたつ』と神託が下り、教会は血眼になってその存在を探した。やがて探し当てられたその身は、月の光を流したかのような白金の髪に、太陽の光を切り取ったような金の瞳の少年だったという。主神アトロイオスと同じ色彩を纏ったその存在は、神託通りアトロイオスの化身として扱われた。現在二十五歳になるというアトロイオスの化身は、その姿のあまりの神々しさにめったに表に現れないが、書記官として内々に教皇を補佐しているらしく、その手腕も教会内部で認められている。

　正式に発表されたわけではないが、次代の教皇にアトロイオスの化身が据えられるのは誰の目から見ても明らかだった。

「しかしそうなれば教会側の勢力が強くなってしまうな。我らが君主アルフレッドさまにも同じくらいめでたい出来事があればいいのだが」

「例えば、お世継ぎの誕生、ですか？」

「それはいい！　どうだ？　正妃さまにその兆候は？」

「残念ですが、今のところ……」

熱弁を振るう男二人に、マリアンナは苦笑を零した。

兄と父は、会えばいつも政治の話をしている。

同じことを考えていたらしい母が、苺のタルトをフォークで刺しながら、肩を竦めて言った。

「まぁまぁ、いつもいつも難しいお話ばかりで。殿方は大変ねぇ」

貴族の令嬢らしくのんびりと育った母は、もうすぐ五十を迎えるというのに未だに少女のようにあどけないことを言う。

トリスタンからいつも話を聞かされているマリアンナは、難しいとは思わなかったが、退屈している母に合わせて頷いてみせる。

「そうね、お母さま。男の人って、大変」

すると父と兄はお互いに咳払いをし、女性陣を置き去りにしてしまったことを詫びた。

「ええ、よろしくってよ。わたくしはとても寛容ですから。愛する夫に忘れ去られたからといって、しつこく愚痴を言ったりしませんの」

母が芝居がかったすまし顔を作ってみせると、父は「これは困ったな……」と慌てて母の機嫌を取ろうとし始める。その仲睦まじさにマリアンナの頬は自然とゆるんだ。

すると、父がその笑みを見てしみじみと笑った。その眼差しが妙に優しくて、マリアンナは小首を傾げる。

「お父さま？」

「ああ、いやなに。お前も随分と笑うようになったなぁと思ってな。昔のマリアンナに戻ってくれたことが嬉しいのだよ。何しろ、三年前は……」

父はそう言って言葉尻を濁した。

マリアンナは笑みを浮かべたまま目を伏せた。

——そんなに酷かったのかしら。三年前のわたしは……。

それまで持っていた自尊心をすべてへし折られて、確かに失意のどん底に居た。誰も信じられなかった。信じたくなかった。人の裏側に、あれほどの毒が潜んでいるなんて。

「なぁ、マリアンナ。やはりランドールに行くつもりはないか？　こうしてトリスタンが帰省したのも一つのきっかけだ。トリスタンが戻る時に、お前も一緒に行ってはどうかね？　なに、あの根性の曲がった家庭教師などもう付けない。お母さんがついて回ってくれるさ」

「そうよ、マリアンナ。一緒にランドールを楽しみましょう？」

母も父に同調して娘を促すが、兄だけは沈黙を守っていた。けれど妹が望めばどんなことでも叶えてやろうとする強い意志が瞳に宿っている。

家族全員がマリアンナのことを心配し、励まそうとしている。

三年も前の醜聞を恐れて、殻《から》に閉じこもったままの臆病な娘を。

心がほっこりと温かくなった。

家族の愛が嬉しい。この愛が、マリアンナを少しずつ癒してくれたのだ。

――ああ、だけど。

マリアンナは哀しく微笑み、しっかりと首を振った。

「ありがとう、お父さま、お母さま。……でも、やめておくわ。わたしにはランドールは華やか過ぎて、肌に合わなかったみたい。わたしはここが好き。レイヴンズバーグが、一番好きよ」

娘の微笑みは、もう三年前の蕾のようなものではなかった。十六歳の少女に過ぎなかったマリアンナは、今や匂い立つように開いた大輪の花だった。まさに娘盛り。一等美しいこの時期を、ただひたすら過ぎ去るのを待つかのような娘を、マリアンナの家族は痛ましい想いで見つめていたのだった。

＊

次の日、外出をしていたトリスタンが蒼白な顔で帰宅した。

「どうかしたの？　何かあったの、トリスタン」

マリアンナは慌てて駆け寄ったが、トリスタンは片手で顔を覆ってそれを制した。

「ああ、ダメだ、マリアンナ……信じられない……こんなことって……！　まさか、そんな」

「一体どうしたの？」

要領を得ない言葉だけを発し続ける兄に訊ねるも、兄は黙って手を振るだけだ。

「今はそっとしておいてくれ、マリアンナ。頼む……」

そんな気弱な様子のトリスタンを見たことがなかったマリアンナは、ただただ驚いて道をあけた。

トリスタンはそのまま自室に引き篭《こ》もって出て来なかった。

へこたれることの無い兄のあまりの憔悴《しょうすい》ぶりに、マリアンナは気が気でなくてオロオロしたが、夕方になってようやく部屋から出て来た。

マリアンナは彼のために紅茶を淹れ、ビスケットを勧めながら、事情を聴いた。

「大丈夫なの、トリスタン？　何があったの？」

「いや……ただの、失恋だよ、マリアンナ」

その返答にマリアンナは驚かされた。

トリスタンにとっての恋とは、あの初恋の少女以外にはないはずだ。それを失恋とは……！

「じゃああの女の子は見つかったの⁉」

ずっとずっと探し続けて見つからなかったというのに。

するとトリスタンは、普段は明るく輝いている緑の瞳を、ふっと皮肉っぽく陰らせた。

「……ああ、見つかったよ。見つかったんだ。だが……」

紅茶のカップを片手に言葉を濁すトリスタンを、マリアンナは固唾を呑んで見守った。

その続きが知りたい。

だがトリスタンの言葉はそれ以上続くことはなく、ぎゅっと目を瞑って胸を押さえた。

「え……トリスタン⁉　大丈夫⁉　苦しいの⁉」

慌てて席を立って駆け寄った妹を、兄は手で制した。

「ああ、大丈夫。大丈夫だよ、マリアンナ。今はこんなに苦しいが、いつかきっと、笑って話せる日が来るから……」

要するに、今はこれ以上聞くなということか。

マリアンナは好奇心を抑え、何も言わず兄の背中をそっと擦《さす》った。

何があったかは分からないが、兄はあの初恋の少女を見つけ出せたようだ。

――トリスタンは、強い。

打ちひしがれる兄を見ながら、マリアンナは思った。

その恋が破れたにしろ、トリスタンは思い出の少女を探し当てたのだ。何年もかけて、ようやく。それは確固たる意志がなければ、そして少女への恋心が強くなければ、成し得ないだろう。

――わたしは？

わたしは、弱い。ただ逃げてばかりで、立ち向かおうとはしなかった。

あのレオナルド・アダム・キンケイドにも。

そしてあの、初恋の紳士にも――。

トリスタンのように強ければ、恋を告げた後の返答がどうであれ、彼を探す努力くらいはしたはずだ。

改めて、マリアンナは自分を情けなく感じた。

すべてをレオナルドのせいにして逃げるだけの、弱くて卑屈な自分を。

――強く、なりたい。

強くならなければ。

弱虫のまま、生きたくはない。

自分は自分だと、誇れるような人間でありたい。

――彼を、探そう。

そうして、クローゼットにしまったままのあのコートを返して、想いを告げよう。

失恋したっていい。そうすることで、自分で自分を認められるから。

＊

その日から数日後、トリスタンは元気を取り戻し、ランドールへと帰って行った。結局事の真相は教えてもらえずじまいだったが、兄が取り敢えず復活してくれたことだけで良しとした。トリスタンの言う通り、いつかきっと話してもらえる日が来るだろうから。

そしてその後はまた穏やかな日々が続いた。

柔らかだった若緑が青々と茂る深緑に取って代わった五月、マリアンナはある人の訪れを受けた。

「――え？　レイ神父が？」

メイドから告げられた訪問者の名を、マリアンナは驚いて聞き返した。

レイ神父とは教会でしか会ったことがない。彼は神父なのだから当然と言えば当然だったが、だから余計にその神父が訪ねてきたことに驚いてしまったのだ。

そして、困ったことに今、子爵邸にはマリアンナしかいない。父は領内の小麦畑の視察に行ってしまったし、母は友人である男爵夫人のお茶会に行ってしまった。

つまり、お目付役が居ない。マリアンナはいわゆるうら若き『良家の子女』だ。お目付役なしに男性と同じ部屋に居れば、世間がとやかく言って来るだろう。

そう迷っていたところで、マリアンナはハタと気付いて苦笑した。

——ああ、何を言ってるの、わたしったら。レイ神父は、聖職者ではないの。聖職者は結婚を許されていない。だからそういった対象にならないのだ。

そう思い至ると安心し、マリアンナは急いでメイドに言った。

「お通しして」

そう言ってしまってから、自分がコルセットも着けていないゆったりとしたドレス姿であったことに気付いて焦ったが、乗馬をする時には男装すらするというのに、今更だと思い直す。このドレスは外出着とは言えないが、襟ぐりが深くないきちんとしたドレスだ。パニエでスカートを膨らませてこそいないが、最近はこういったパニエを着けない類のドレスが流行ってきているらしいし、礼を欠いているとは言えないだろう。

程なくしてノックの音が聞こえ、メイドに先導されたレイ神父が顔を出した。

「突然訪問する非礼をお詫びいたします、レディ・マリアンナ」

申し訳なさそうに眉根を寄せたレイ神父に、マリアンナは目をぱちくりとさせた。

神父はいつもの白い法衣を着ておらず、茶色のコートに編み上げの丈夫そうなブーツという、旅装だったのだ。白金の髪は後ろで一つに結わえ、フェルトの中折れ帽を手に持っている。典型的な紳士の旅装で、まるで聖職者には見えない。

法衣以外をまとった神父を初めて見たので、マリアンナは少し面喰《めんくら》った。

「いいえ、いつでも大歓迎ですわ。……あの、神父さま、どこかへお出かけでいらっしゃいますの？」

するとと神父はくしゃりと麗しい顔を歪《ゆが》めた。

「ええ……実は、今日はお別れを言いに来たのです」

「え？」

どういうことだろう？

教会の事情にはあまり詳しくないが、神父は、一度派遣された教会を替わることはまず無いと聞く。つまり、前任者が亡くなって初めて、聖教会が新たな者を派遣するのだ。

例外があるとすれば、現神父が不祥事を起こし、罷免《ひめん》されることだ。

だが、品行方正なレイ神父に限って、そんなことは考えられない。それは、領主である父も領民も、誰しもがそう思っている。

マリアンナは驚きながらレイ神父に駆け寄った。

「ど、どうなさったのですか？　神父さま、何かあったのですか？　もし何か良くないことに巻き込まれているのであれば、きっと父が力をお貸しいたしますわ！　そうだわ、嘆願書を……」

ああわと考えを巡らせるマリアンナに、レイ神父はそっとその手を取って言った。

「いいえ。あなたが考えているようなことではないのです。……そうではない。これは、初めから分かっていたことなのですよ」

静かな声色には諦めのような響きがあった。それが酷く淋しげに感じられて、マリアンナは思わずその手を握り締めた。

「分かっていたって……？」

問いかけに、レイ神父が小さく苦笑した。

「この幸福な時が、いつかは終わりを迎えることを、です」

――幸福な時の、終わり……。

それはまるで何かを暗示しているかのようで、マリアンナの心をざわつかせた。

レイ神父は、その金に輝く瞳をどこか懐かしむように細めて、微笑んだ。その笑みを、マリアンナはどこかで見たことがあるような気がした。だがその既視感は、捕まえようとする前にすぐに霧散してしまう。

レイ神父が、マリアンナの手の甲に口づけたからだ。

その柔らかな感触に目を白黒させるマリアンナだが、神父はいつものように微笑みかける。

「私に許された時は僅かだと分かっていた。けれど、私はどうしてもあの煌めいていた過去に還りたかった。どうしても、もう一度あなたに、逢いたかったのです。マリアンナ」

言うや否や、マリアンナは抱き締められた。

——え。

マリアンナは仰天のあまり、声もなくただ身を強張らせた。

——抱き締められているの？　レイ神父に？

レイ神父の腕は骨張っていて、父や兄に比べると細くひょろりとした印象だったが、それでもマリアンナの身体をすっぽりと包み込んでいた。目の前にあるのは、レイ神父の項で、その白磁の首筋を通る血管がドクドクと脈打っているのが、妙に生々しく見えた。

——あ、花の匂い……。

鼻腔を掠めた甘い匂いに、マリアンナが再び何かを思った瞬間、抱擁は解かれた。

気が付けば両肩を摑まれ、酷く真剣な顔をしたレイ神父が金色の瞳でこちらを見下ろしていた。

「マリアンナ。困ったことがあれば、必ず私を呼んでください」

「——え？」

「私は、必ずあなたを助けます。何をおいても、必ず。覚えておいてください、マリアンナ」

「し、神父さま……」

「いいですね？　必ず、呼ぶんですよ」

神父の眼差しがあまりに強く、その迫力に圧されて、マリアンナはわけが分からないまま頷いた。

神父はそれを見て、ようやく表情を緩ませた。緊迫した空気が解け、マリアンナがホッとして気を緩めた時、何かが額を掠めた。

「いい子だ。忘れないで。私を、呼んで」

呆然とするマリアンナを尻目に、レイ神父はマリアンナを解放すると、優雅な一礼をした。

「――では、私はこれで。さようなら、マリアンナ」

未だ唖然としたままのマリアンナに奇麗な笑顔を見せて、レイ神父は部屋を出て行った。

パタリと閉まるドアの音を聞いても、マリアンナは動けなかった。

額にされたキス。

まるで子供に落とされるような他愛もないそれは、戸惑いと共に妙な違和感を伴って、マリアンナの心に拭《ぬぐ》えない染みを作った。

それは何かの予感にも似ていたのだろうか――。

第二章　捕まる

『現教皇セレンティウス、次期教皇にアトロイオスの化身を正式に指名』

聖国を揺るがすこの宣言は、南端の田舎であるレイヴンズバーグにも届けられた。

「そうか、セレンティウス猊下が、とうとう……」

かけていた眼鏡を外し、新聞をバサリと折りながら、父はしみじみと呟いた。

午後のお茶を楽しんでいるところだったマリアンナと母は、家長の溜息に顔を見合わせた。

「何故そんなに淋しそうなの、あなた。この間はアトロイオスの化身がいるから安泰だと仰っていたばかりなのに」

ブラックカラントのジャムが乗ったビスケットをフォークで割りながら、母が小首を傾げた。すると父は新聞から目を上げて、もう一度深い溜息をついた。

「いや、確かにアトロイオスの化身には期待をしているよ。けれどセレンティウス猊下は徳の高い素晴らしい教皇であらせられ、更には非常に巧みな政治家でもある。この国が現在こうして平穏でいられるのも、国王との摩擦を極力避けて来られた、猊下の力量と言える。この素晴らしき御世がもうすぐ終わりなのだと思うと、やはり淋しく、もの悲しいのだよ……」

肩を落として説明する父のカップの紅茶を、マリアンナは温かいものへと入れ替える。

「でも、そうなると今まであまりお姿を現さなかったアトロイオスの化身が、いよいよ表に出ていらっしゃるようになるのでしょう？　噂によれば、もの凄い美男子なんですってよ、マリアンナ！　楽しみよねぇ！」

父とは正反対に、満面の笑みでキャッキャとはしゃぐ母に、マリアンナは曖昧な微笑を返した。

母にはそれが不満だったようで、まだ年若い娘のように唇を尖らせる。

「マリアンナったら、本当に真面目なんだから……」

「いや、君はもう少し落ち着いた方がいいと思うよ」

父がやれやれと肩を竦めて母を窘《たしな》めるのを、マリアンナは苦笑して見守った。

『アトロイオスの化身』がどれほど見目麗しい方だろうと、所詮《しょせん》雲の上のお方だ。

それに、三年前の社交界で痛い思いをしたマリアンナにとって、男性は嫌悪の対象に近い。

あの初恋の人以外には一切興味がないのだから、マリアンナには母のような感覚は理解しがたいものがあるのだ。

「君たちは、母と子が逆だったら丁度いいのかもしれないなぁ」

父はそんな突拍子もないことを呟いて、マリアンナから受け取った熱い紅茶を啜ったのだった。

＊

その日マリアンナは、サラマンダに乗って久し振りに遠乗りをした。

秋が深まるレイヴンズバーグの空気はひんやりとしていて肌に心地好い。爽快な気分のままに、サラマンダに声をかける。

「さぁ、準備運動はおしまいよ、サラマンダ。思い切り駆けましょう」

駆歩《かけあし》で軽く身を揺すっていた若い馬は、相変わらず主人の言葉を正確に理解する。まるで頷くかのように身を屈めると、スピードを上げた。

丘を越え、州境の森の入り口にさしかかり、マリアンナは馬の速度を落とす。この小さな森は、さすがに全力疾走させるには危険だ。

マリアンナはいつもの湖までサラマンダを誘導すると、するりとその身を滑らせて愛馬から下りる。湖は相変わらず清浄で、初秋にここに訪れた時と何ら変わらぬ美しさを保っている。

「奇麗……」

マリアンナがそっと溜息をついた時、唐突に艶やかな声がかかった。

「相変わらず、男のなりをして馬に乗るんだな、マリアンナ・アメリア・ベイリング」

全身の筋肉が、強張《こわば》った。

――そんな。まさか。

冷や汗が吹き出る。

――いいえ、そんなはずがない。居るはずがない。あの男が、ここに居るはずがない！

「後ろを向いたままだんまりか？　相変わらず礼儀知らずだな。……まぁ、田舎娘だから仕方のないことか」

せせら笑う、その低い声――。

胃の腑がせり上がりそうになるのを、マリアンナは奥歯をグッと噛み締めて必死に耐えた。

ゆっくりと振り返る。

その声が、幻聴であることを願って。

だがその願いは、目の前に突き付けられた男の顔に、虚しく霧散する。

マリアンナはきつく顔を歪めた。

人気のない湖。鬱蒼《うっそう》とした森。その美貌の悪魔は、まるで似合わない片田舎の風景の中で悠然と立ってこちらを見つめていた。

「ウィンスノート伯爵……！」

レオナルド・アダム・キンケイド。

あの、悪魔が。

マリアンナの呟きは、歯の隙間から漏れ出た。

追いつめられた獣の呻き声にも似たその呟きに、男は恍惚として震えるような溜息をついた。まるで愛しいものを見つけたかのようなその微笑み。

ゾワリ、とマリアンナの肌が総毛立った。

――ダメ！　ここに居てはダメ……！

それは本能が下した命令だった。

あれは捕食者の眼だ。

飢えに飢え、ようやく見つけた獲物に今まさに飛びかからんと身を屈める、野生の肉食獣そのものだ。あの男は、今確かに、マリアンナを屠《ほふ》るためにここに居る。

マリアンナは身を翻すと、水辺で主人を待つサラマンダに駆け寄った。

だが、レオナルドはそれを許さなかった。

鞍を掴み、サラマンダに飛び乗ろうと身を乗り出した刹那、自分のではない力が加わって身体が浮いた。

――あ。

そう思った時にはもう、腰を攫うようにしてその長く屈強な腕に絡め取られ、背後から抱き締められていた。

その感触に、マリアンナはギリギリまで引き絞られていた、緊張の糸が切れた。

ふわり、と麝香《じゃこう》のような、新緑のような香りが鼻腔を掠める。

トリスタンとも、父とも、そしてレイ神父の花のような香りとも違う。それなのに、どこか、懐かしい……。

「やっと捕まえたぞ。マリアンナ……」

耳に忍び込んだ艶やかなバリトンの声を最後に、マリアンナは意識を失ったのだった。

*

「――ここは……」

馬車が停まる振動で目が覚めたマリアンナは、ぼんやりと呟いた。

辺りはすっかり暗くなってしまっている。

目の前には、小振りだが瀟洒《しょうしゃ》なカントリー・ハウス。大陸の一国、アザリア風の優美な白壁が目を惹くその建物はとても美しかったが、まったく見覚えがなかった。

「ここは……どこ？」

どう考えてもレイヴンズバーグではない。こんな建物を領地で見た覚えはなかった。

呆然としていたマリアンナは、不意に自分の身体が浮き上がる感覚がして息を呑んだ。

恐怖を感じて思わず手に触れたものを摑めば、それは温かい人の肩だった。それも、逞しい男性の、だ。

そこで初めて、マリアンナは自分が誰かに横抱きにされているという事実に気付き、驚いて身を捩ろうとした。

すると頭の上から不機嫌そうな唸り声が上がり、動けないようになのか、抱かれている腕に力が籠もる。

「動くな。重い」

それが聞き覚えのある低いバリトンだったから、マリアンナは余計に気が動転した。

「レ、レオナルド……！」

恐る恐る顔を上げて確かめれば、そこにはやはりレオナルドの美貌があった。

喘ぐように名を呟けば、こちらを見下ろす秀麗な美貌がニヤリと口元を歪めた。

「よく眠っていたな、私の腕の中で」

どこか満足そうなその物言いに反抗心が刺激されるも、マリアンナはひとまずグッと堪えた。

「こ、ここは、どこなのですか……」

「私のカントリー・ハウスだ」

「なっ……」

マリアンナは絶句した。レオナルドのカントリー・ハウスということは、ここはレイヴンズバーグではなく、レオナルドの領地であるウィンスノート領だということだ。ウィンスノートはレイヴンズバーグよりも州を一つ跨いだ北にあり、確か馬車では半日ほどかかる場所だ。

「ど、どういうことですか？　何故わたしをあなたの家になんか……」

狼狽に怒りを滲ませるマリアンナを一瞥し、レオナルドは飄々と言った。

「お前は今からここに住むんだ」

「――――!?」

声も出せない有様のマリアンナを抱いたまま、レオナルドは優雅に歩き出す。

捕獲された獲物さながら、マリアンナは邸へと連れ込まれた。すると、レオナルドよりも十歳ほど年嵩に見える執事が、ピンと伸びた背筋を六十度に倒して恭しく出迎える。

「お帰りなさいませ、旦那さま。そちらは……」

「ああ、ジョージ。妻のマリアンナだ。言ってあったように、今日からこちらで暮らすから、そのように」

――妻!?

もう絶句するしかなかった。

固まるマリアンナをよそに、主と執事は滑らかに会話を進める。

「はい。すべて整えております。ようこそ、お帰りなさいませ、奥さま。今日よりお世話をさせて頂きます」

本人抜きに淡々と進む会話に、マリアンナは震えそうになる喉に必死で力を込めて、ようやく声を発した。

「ウィンスノート伯爵……！　妻……妻ってどういうことでしょう？　わたしはまだ結婚していないし、ここに住むつもりはありません。お願いですから、家に帰してください」

するとレオナルドは無言で執事に目配せをし、執事は目礼をして奥への道をあけた。

レオナルドはマリアンナを抱いたまま、奥の部屋へと進む。

「いや……いやです。離して！　家に帰してください！」

いよいよ恐怖にかられ、マリアンナは自分を抱く手を離そうと奮闘するが、がっちりと巻き付いたそれは鋼のようで、うんともすんとも言わなかった。結局応接室らしき部屋のソファに押し込められたマリアンナは、背もたれに両手を突いてこちらを見下ろすレオナルドに対峙することになった。

「お前は私の妻になるんだ」

傲岸に言い放たれたその言葉に、マリアンナはがむしゃらに首を横に振った。

「イヤです！　できません！」

「お前の意志はどうでもいい」

「どうでもいいって――」

何でもないことのようにサラリと言われ、マリアンナは口をつぐむ。

妻になれ、と言われた。結婚しろということだろう。

それなのに、マリアンナの意志はどうでもいいと言う。

「何を……あなたは、何を言っているの？　言っていることがめちゃくちゃだわ……」

マリアンナは額を押さえた。

眩暈がしそうだった。これは夢だろうか？　社交界から追い出したくせに、突然現れてこんなところに攫い、挙句の果てに、妻？

あのレオナルド・アダム・キンケイドが目の前にいて、マリアンナに結婚を迫っている？

悪夢としか思えない。

状況がよく飲み込めないマリアンナに、レオナルドは畳み掛けるように言葉を継いだ。

「お前がここにいることは、既にレイヴンズバーグ邸に使者を遣わして伝えている。結婚に関しても、子爵には後ほど私が話をつけに行くので問題はない」

マリアンナは青ざめた。

「お、お父さまに話って……」

寝耳に水もいいところだ。

まるで既にマリアンナとの結婚が決まっているかのような物言いだ。

「勿論、結婚の承諾を得るためだ」

「わたしは同意してもいないのに！」

「お前の意志はどうでもいいのだと、さっき言ったばかりだが」

先ほどの話に逆戻りしてしまい、マリアンナは途方に暮れてしまった。

これでは水掛け論だ。

自分には結婚の意志がないと、どうやったら分かってもらえるのだろう？　そもそも、あれほどまでに自分を虐げた相手と、結婚などどうしてできるというのか。

そうよ。あんなにわたしを嫌って、蔑んで――。

三年前の屈辱が、まざまざと甦ってくる。

「いい加減にしてください！　わたしはあなたと結婚などできません！」

マリアンナは込み上げる激情のままに、癇癪《かんしゃく》を破裂させた。

この男はいつだってそうだ。

マリアンナの話になど耳も貸さず、ただ『田舎娘』だと馬鹿にして、田舎へ帰れと追いやった。

「どうしてあなたはいつもわたしの話を聞いてくれないの？　わたしは、話を聞く価値すらない存在なの？　どうして……わたしが何をしたと言うのですか！」

だがマリアンナが必死の怒りをぶつけても、レオナルドの態度は変わらなかった。

揺らがぬ冷たい眼差しのまま断じる。

「お前は、私と結婚するんだ」

跳ね返される自分の想いに、マリアンナはどうしようもなく惨めになった。

「どうして……」

マリアンナは呻くように呟いた。

「未婚女性であるお前が身一つで私の邸にいる。これがどういう意味か、分からないほど愚かではないだろう？」

その言葉に、マリアンナは息を呑んだ。

この国において、レオナルドが望んで、できないことはない。それだけの地位も権力も持つ男だ。

実際にマリアンナを攫って来てしまっている。貴族の常識では、うら若き未婚女性が付き添いの者をつけずに、未婚男性の邸を訪ねるなどもっての外だ。勝手に連れ去られたのだと叫んでみたとて、証明する手立てがない上、既に評判が地に落ちているマリアンナの言うことなど信じてもらえるはずがない。

レオナルドが『責任を取って結婚する』と宣言してしまえば、世間的にレオナルドは紳士の鑑《かがみ》と褒め称えられこそすれ、非難される理由はない。

逆にそれを拒んでしまえば、マリアンナは男性のところに出入りするふしだらな女という烙印を捺されてしまうだろう。そうすれば、両親だって謗《そし》られるのだ。あんなふしだらな娘、親の監督不行き届きだ、と言って。

何故、こんなにも理不尽な扱いを受けなくてはならないのか。

——酷い。いくらなんでも、あんまりだ。

情けない。どうして。惨めだ。混沌と化した胸の内には、否定的な感情しかなく、苦しさに涙がボロボロと零れ出した。

泣きたくない。

そう思うのに、涙は後から後から溢れてきて、パタパタとシャツの胸元に落ちた。

大嫌い。大嫌いだ、こんな男。

レオナルドに涙を見せるのが嫌で、逃げるように俯けば、大きな手が伸びてきて、マリアンナの顎を掬い上げて上向かせてしまう。

「マリアンナ……」

自分の名を呼ぶその声にも腹が立って、マリアンナは涙を流した顔のまま、レオナルドを睨み上げた。

レオナルドは、その涙に濡れたマリアンナの顔を、恍惚《こうこつ》の笑みを浮かべて見つめていた。

――何がそんなに嬉しいの……！

惨めに打ちひしがれる小娘が、そんなに面白いのか。

「大嫌い……！」

怒りを込めて、精一杯放ったその否定の言葉にも、レオナルドは美しい笑みを深めるばかりだった。

「お前のその顔が見たかったよ、マリアンナ……」

うっとりとそう語りかけてくる男に、マリアンナは心の内で叫んだ。

――逃げてやる。
言いなりになどなるものか。
絶対に逃げ出してみせるのだ、この悪魔から。

第三章　隠れる

マリアンナは、執事に促され二階の部屋へと移動した。

「こちらが奥さまのお部屋でございます」

案内されたのは南向きの主寝室の一つで、入ってみて驚いた。

天蓋付きの大きなベッドに、ソファやライティングデスク、パウダールームの鏡台に至るまで、手の込んだ職人が作ったと一目で分かるような、趣味の良い高級なものが取り揃えられていた。

——さすが、ウィンスノート伯爵家、といったところかしら。

ウィンスノート家は、貴族の内でもかなり裕福だ。レイヴンズバーグ家もそれなりに豊かではあるが、こちらは桁が違う。

右手にはシャワー付きのバスルーム、左手には奥の部屋へと続く扉があった。マリアンナは敢えて奥の部屋を確かめなかったのだが、執事がにこやかに教えてくれた。

「そちらは旦那さまのお部屋に続く扉でございます」

「………そう」

鍵はないのかと確かめたが、やはり付いていなかった。それがどういう事を指すのか考えるのが恐ろしくて、マリアンナは気を紛らすためにバスルームの隣にあるクローゼットを開けた。

「——え!?」

そこには色とりどりのドレスがぎっしりと詰まっており、マリアンナは仰天した。

ここは以前に誰かの部屋だったのだろうか？　聞いたことはなかったが、レオナルドには、前妻がいたのだろうか？

目をパチクリさせているマリアンナに、執事がニコニコして声をかける。

「そちらは旦那さまが奥さまのために誂《あつら》えたものでございます」

「え……」

前の奥さまに、ということだろうか？

「旦那さまは奥さまをお迎えするにあたって、たいそう張り切って準備をなさっておいででしたから。こちらのお部屋も、家具を一新なさっただけでなく、壁紙、絨毯やカーテンまでもすべて奥さまのお好みに合わせて改装されたのですよ」

「——」

意味が分からない。あのレオナルドが、マリアンナのために部屋を改装？

……あり得ない。

「あの、その奥さまって、わたしのこと、かしら……?」

恐る恐る聞けば、執事は当然ですと言わんばかりに、大きく眉を上げた。

「旦那さまの奥さまは、後にも先にも、マリアンナさまだけですよ」

「……そ、そう……」

執事の迫力に圧されて頷きながら、マリアンナはクローゼットのドアを閉めた。

どうやらこの邸の使用人たちは、レオナルドがマリアンナを愛していると思い込んでいるようだが、部屋の改装もこの衣装も、恐らく他に何かの意図があるのだろう。あの男がマリアンナのために、というのはどう考えても無理がある。

それなのに、この執事の顔からして、何だか妙な期待をされているらしい。居心地が悪くそわそわしていると、執事がにっこりと微笑んだ。

「奥さま。入浴の準備が整っております。メイドを呼んでまいりますので、お身体をお清めくださいませ」

「えっ、そんなに急に?」

確かに遠乗りの際に攫われたあげく、長時間馬車に揺られてきたので汗と埃に塗れている。身を清められるのはありがたかったが、まだ一息も入れていないのに、と驚いた。

すると執事は申し訳なさそうに眉を顰めた。

「申し訳ございません。ですがお支度を考えますと、もうあまりお時間もございません」

「お支度？」

嫌な予感がする。

執事が再び、にっこりと笑った。実に良い笑顔だった。

「旦那さまと奥さまの、初夜のためのお支度でございます」

＊

数人のメイドに張り付かれて風呂に入れられたマリアンナは、香油を全身に塗り込まれマッサージをされ、更にはギョッとするような生地の薄い夜着に着替えさせられた。

豪奢なレースとサテンで作られた、純白のローブとナイトドレス。

花嫁の、初夜の衣装。

マリアンナは唇を噛んだ。

「冗談じゃないわ……」

結婚は、愛し愛されてするものだ。この身体に触れるのは、愛する人のはずだ。

脳裏に浮かぶのは、あのモーニングコートの紳士。彼を探そうと決めたばかりだった。

失恋してもいい。彼に会って、せめてこの恋を告げたかった。

やっと、前を向けると思ったのに。

ことごとくマリアンナの未来を握り潰していく、レオナルドが憎かった。

——逃げてやる。

泣き寝入りするなんて絶対にイヤだ。

マリアンナは決意を固めて、自分の髪を梳いているメイドに言った。

「あなた、外してくださるかしら？　緊張してきてしまって……少し、一人になりたいの……」

はにかむようにそう言えば、メイドは「まぁ、奥さま」と言って手を止めた。そして安心させるように微笑むと、新妻が初夜を前に神経質になるのは当然だと訳知り顔で慰めてから部屋を出て行った。

パタリとドアが閉まった途端、マリアンナは殊勝な顔を即座に消して、行動に移った。

このままここにいるわけにはいかない。

「早く、逃げなくては……！」

＊

——狭いわ……。

マリアンナは息を潜めたまま嘆いた。隠れているクローゼットは、このウィンスノート伯爵家の豪勢な屋敷の中でも、比較的小さな客間にあったものだ。この部屋の、しかもクローゼットの中ならば、きっとしばらくは見つからないだろう。明日の朝まで、やり過ごせる。

そう、今夜は。

——今夜は逃れられても、明日は？

不意に襲ってくる不安に、情けない泣き声が込み上げてきて、マリアンナはぎゅっと唇を噛んだ。

邸の外へ逃げ出そうと出口を探したが、どの出入り口にも邸の者が張り付いており、マリアンナはおろか、猫の子一匹すら出ることも適わない状態だった。仕方がないので、邸の中の、できるだけ見つからなそうな客間を選んで、隠れることにしたのだ。

泣いてなんか、やらない。

泣いて状況が好転するのなら、いくらだって泣き叫んでやるが、そうではない。

泣いて勝ちが取れるのは幼い頃だけだったと、マリアンナはもう知っている。

マリアンナはぐっと顎に力を入れて、泣きたい衝動を抑える。

その時——。

ガチャリとドアノブが回される音が、静寂を突き破った。

マリアンナはビクリと身体を揺らした。緩みかけた涙腺が緊張で引き締まる。

誰かが捜しに来たのだろうか。

そろそろ、花嫁が逃げたことがバレる頃合いだ。

ギイ、とドアの開く音がして、しゅ、しゅ、という衣擦れの音がする。敷き詰められた柔らかな絨毯が足音を消してしまっているので、男なのか女なのか判別がつかない。メイドだろうか。執事だろうか。

いずれにしてもこのウィンスノート伯爵家で、マリアンナの味方は一人もいない。

「マリアンナ」

突如響いた低い声に、マリアンナは凍り付いた。

「マリアンナ・アメリア・ベイリング――いや、もうキンケイドか」

くく、と喉を鳴らして、男が面白そうに独りごちる。マリアンナがここに隠れていると確信しているかのように。しかし、それよりも……。

――『もうキンケイド』ですって!?

レオナルドの言葉に、大声を上げそうになるのをグッと堪えた。

ということは、教会にもう結婚の届けを出してしまったということだ。

先ほど出かけていたのは、教会に行っていたのだろう。マリアンナの同意もなく。

――なんて男なの、レオナルド・アダム・キンケイド!

できることなら飛び出して行って、その奇麗な顔を張り倒してやりたい。

けれど隠れている以上、ここでその怒りをやり過ごすしかない。

怒りに震えながら、それでもじっと息を潜めていると、レオナルドが言った。

「マリアンナ・キンケイド。ウィンスノート伯爵夫人。大人しく出て来い。今出てくれば、お前が初夜を目前に逃亡したという事実は忘れてやろう。だが、出てこなければ――」

その言葉にマリアンナは竦み上がったけれど、そんなこけおどしに屈するわけにはいかない。ぐっと息を止めて身を固くしていると、ガチャリと音を立ててクローゼットの扉が開かれた。

「――！」

暗闇に慣れていた目が、光に眩《くら》んだ。顔を顰めながら目をこらすと、徐々に見え始めた視界の真ん中に、美貌の男が立っていた。

クローゼットの中で屈辱に唇を噛む花嫁に、花婿は悠然と、しかし冷笑を浮かべて手を差し伸べた。

「隠れ鬼はもうおしまいだな。麗しき我が花嫁」

「あなたなんか、大嫌い！」

差し出された手を取ることも無く、憎悪の眼で睨みつけるマリアンナに、レオナルドは艶やかな笑みを見せた。

嬉しくて堪らないといったように。

「……そうやって歯を食い縛って睨みつける、その眼。ああ……本当に堪らないな、マリアンナ」

そう言い放つ男の声はうっとりとさえしていて、マリアンナは怒りと同時に、背中にぞっとした怖気が走るのを感じた。

悠然とこちらを見下ろし、厭味ったらしく手を差し伸べたレオナルドを、マリアンナは精一杯睨みつける。

パシッとその手を払い除けると、顎を上げて言った。

「そこを退いてください。自分で出られます」

これ以上この男に弱みを見せてはいけない。もう充分なほど握られてしまっているのだから、せめて、今立っているのは自分の足で、この男の力など一切及んでいないのだと確かめたい。

だがレオナルドは非情だった。叩かれた手を少し見つめていたかと思うと、その黒曜石にも喩えられる漆黒の瞳に、酷薄な笑みを滲ませた。

「勘違いされては困るな、マリアンナ。わたしはお前に選択肢を与えた覚えはない」

「……っ！」

悔しさに唇を嚙み締めれば、レオナルドは更にその笑みを深めた。

「そう、そうやって私の言うことを聞いておいで」

マリアンナは無駄に長いレースの袖の中で、ぎゅっと拳を握り締めた。できることなら、この男を殴ってやりたい。こんなえげつない脅し文句を、まるで詩でも朗読するかのような清々しい声色で吐くこの男が、憎かった。

——逃げてみせる。

この美しい天使の面を被った悪魔から、必ず逃げ切ってみせる。

たとえこの瞬間は負けたとしても、その先の未来までは諦めたりしない。

マリアンナは翡翠色の瞳を挑戦的に煌めかせ、再び差し出されたレオナルドの手を取った。

レオナルドは静かに目を見開いた。それから目を細め、マリアンナの瞳を見つめ返し、くつりと喉を震わせた。

「……本当に、なんて可愛らしいんだろうね、お前は。せっかくの初夜だから夫婦の寝室でと思っていたが、我慢ができなくなった」

言うや否や、マリアンナのナイトドレスの胸元を掴み、一気に左右に引き裂いた。

ビィイイイ――。

絹を引き裂く甲高い音が部屋に響いた。

「きゃあ！」

あまりの出来事に、マリアンナは悲鳴を上げた。レースのナイトドレスの下には、頼りないシュミーズがあるのみだ。蝶の羽のように薄いそれはほとんど服としての役割を果たしておらず、マリアンナの白い肌を曝《さら》け出してしまっている。羞恥に身を丸めるマリアンナを、レオナルドは仔犬か何かのように抱え上げ、納まっていたクローゼットの中から引き摺り出してしまう。

「きゃあっ！　いや、放して！」

精一杯腕や足を振り回して抵抗するが、長身で屈強なレオナルドには子供を相手にしているようなものだろう。意に介す様子もなく、大股で客間の奥のドアへと進む。その先にあるものを悟り、マリアンナはザッと青ざめた。

——怖い。

レオナルドが求めている行為は、マリアンナにとっては未知のものだ。

男性に組み敷かれる恐怖が、レオナルドの硬い腕の中にいることで、一気に現実味を帯びてマリアンナに差し迫った。

「いやぁっ、いやよっ、放してっ、お願い——」

闇雲に暴れ出すマリアンナの耳に、チッという舌打ちが聞こえた。ドサリと放り投げるように下ろされたのは、案の定ベッドの上だった。滅多に使われない客間のベッドは埃っぽかったが、マットレスはとても柔らかかった。寝具に埋もれてもがき、ようやく身を起こした時には、半裸のレオナルドにのしかかられていた。

いつの間に夜着を脱いだの!?

男性の裸体は、幼い頃に兄であるトリスタンのを見たことしかない。こうして成人の、しかも鍛えられ均整のとれた肉体美を目の当たりにするのは生まれて初めてで、マリアンナはどこに視線を当てていいものかと目を泳がせる。

「ど、退いてっ。いやよ、近寄らないで——」

目を瞑りながら迫る身体を押し退けようとすると、肩をつかまれ、乱暴に後ろに押し倒された。柔らかいとは言え、その衝撃を後頭部に受け目を回しかけていると、上から冷笑が浴びせかけられた。

「キャンキャンと耳障りな……子爵令嬢とは思えない品のなさだな、相変わらず」

カッとなった。

パン！ と小気味よい音が響き、レオナルドの顔が僅かに横に振れた。その頬が見る見る赤くなっていく。今しがた自分がしでかしたその惨状を見つめながら、けれど後悔はしていなかった。

道徳心の欠片もない、最低なサディスト。

そう言い訳をしてみても、やはり人を叩いた罪悪感が拭えない。マリアンナはレオナルドの頬を打った自分の手を、もう片方の手で摑み、狼狽を隠そうとした。

だが叩かれた方は、ニタリと唇の端を上げた。手の甲で打たれた場所を押さえ、楽しげに喉を鳴らし始める。

「やってくれたな」

底冷えするような低音なのに、悦を含んだその声に、マリアンナは内心恐怖に慄《おのの》いた。

だが、そんなところは見せられない。この男にだけは、見せたくない。

だからお腹にぐっと力を込めて、震えそうになる身体を堪えて睨み上げた。

「そう思うなら、わたしなど選ばなければ良かったでしょう。何故わたしなの？ あなたの妻になりたいという女性なら掃いて捨てるほどいるのに！ そう、あのレディ・エイローズだって……」

美貌のレディ・エイローズ——クイーンズベリー侯爵未亡人は、この男を妄愛《もうあい》する社交界の華だ。自分の愛人であるレオナルドが目をつけたオモチャを、殊の外嫌悪した。当然だろう。その嫉妬深さで有名な彼女は、自分以外でレオナルドの興味を引くものすべてを赦さない。それがたとえ、戯れに見つけた壊すためのオモチャだとしても。

結果、マリアンナは社交界の寵児からの中傷だけでなく、社交界の華からの悪意をも受けることとなった。

何故、わたしだったのか。

それは虐められていたあの頃から感じていた疑問だったけれど、今一番強く感じている。オモチャを壊す遊びならば、もう充分堪能したはずだ。デビュタントであったあの三年前、負け犬よろしくマリアンナがシーズンを半ばにして王都を去った時点で、マリアンナの人生が崩壊したも同然だったのだから。

「それは嫉妬か？」

涙を浮かべて訊ねるマリアンナを、レオナルドは愉悦を含んだ瞳で見下ろした。傲慢な眼。自分を優れた者だと熟知している、見下すことに慣れた眼だ。

「ご冗談を！　誰があなたなんかに」

マリアンナが吐き捨てるように叫べば、レオナルドは肩を竦めた。

「お前がどう思おうが勝手だが、レディ・エイローズと私はそういう関係ではない。あの女狐を妻になど、とんでもない」

酷く冷淡な物言いに、マリアンナは呆れを通り越して腹が立った。

レオナルドとレディ・エイローズが愛人関係であることは、公然の秘密だ。そういった噂話に疎いマリアンナですら知っていたくらいなのに、その女性を『あの女狐』呼ばわりしたばかりか、妻にするつもりはないと言う。

「最低な人ね。本当に、あなたは悪魔よ！　あなたなんか――」

マリアンナが罵れば、レオナルドは酷く歪《ひず》んだ笑みを浮かべた。

その表情に、ズキリと胸が痛む。

それはまるで仮面をつけているような、表情の削げ落ちた笑みだった。それなのに、マリアンナには、彼が泣いているかのように見えたのだ。

――何故……。

虚を突かれて言葉を飲み込んだマリアンナに、レオナルドは小首を傾げた。

「なんだ、続きはどうした？」

からかうように言いながら、動けずにいるマリアンナのシュミーズの肩紐を指で引っかけ、引き下ろした。

「あっ――」

何をされるか気付いたマリアンナが悲鳴を上げて阻止しようとすれば、レオナルドはその両手首を擱んで頭の両脇に押し付けた。のしかかるように見下ろす秀麗な男の顔が、嘲りながら迫ってくる。

「――拒むな」

言うや否や、唇を奪われた。口を閉じる間もなく舌を捻じ込まれ、絡められる。

「っ、ぅん――っ」

熱くぬるりとした肉が、自分の口内を這いまわる感触には、違和感しかない。息苦しい。口での呼吸を遮られているので、鼻で必死に空気を出し入れするが、なかなかうまくいかない。

何故、世の恋人たちはこの行為を嬉々としてしたがるのだろう？　他人の粘膜と自分のそれを擦り合わせて、互いの体液を啜り合うことに、何の悦びがあるというのか。

少なくとも今、マリアンナにとっては不快感しかない。

――ああ、でも、相手が本当の恋人であったら？

本当に、愛する人――その言葉で思い浮かぶのは、あのモーニングコートの紳士。上質な生地で作られた紺色のあのコートをかけていってくれた背の高い後ろ姿。

『それを着なさい、お嬢さん』

もう、声もおぼろげだけれど、初恋だった。不器用そうな、けれどとても優しかったあの紳士だったら、キスという行為も嬉しかったのだろうか？

自分を笑いものにし、体《てい》の良いオモチャ程度にしか思っていない男に身を委ねなくてはならないなんて、なんて現実は哀しいのだろう。

息継ぎがままならず、酸欠に朦朧としかけた時、唇が解放される。

はあっ、と大きく喘いだマリアンナを、レオナルドはうっとりと見下ろしていた。

「可愛らしいな、マリアンナ」

「――っ」

怒りに脳が沸騰した。

脅されて意に染まぬ結婚を強いられ、大嫌いな男に組み敷かれている女に対して、『可愛らしい』などと。

屈辱に目頭が熱くなり、ポロリ、と涙が転がり落ちた。

「……っ、大っ嫌い、あなたなんて……！」

血を吐くように声をしぼり出す。実際、マリアンナの心が目に見えるものであったなら、血を流していただろう。

レオナルドは麗しい笑みを張り付けたままだったが、その瞬間、ほんの少し眉間を寄せた。傲岸な男だ。花嫁の反抗が気に食わないのだろう。

「そうか」

短く受け流すレオナルドに、マリアンナの怒りに拍車がかかった。

「一生、あなたを恨み続けてやるから」

マリアンナの悪態に、レオナルドは大きく眉を吊り上げた。

「へぇ？　どうぞ。それこそ私にとっては僥倖《ぎょうこう》だ」

「絶対に、逃げてやるからっ……！」

逃げてやる。この男から、必ず。

このまま、負け犬のままでなんかいるものか。

ギッと睨みつけながら宣言すると、この時初めてレオナルドの表情が変わった。

こちらを小馬鹿にした笑みが失せ、ゾッとするような色がその漆黒の瞳に宿った。その唐突な変化に、情けないことにマリアンナは息を呑んだ。

ギシリ、とベッドが軋《きし》み、マリアンナの顔の両横に、レオナルドの腕が置かれた。至近距離にあるレオナルドの顔は、やはり驚くほど整っており、それだけにその表情の無さに怯えが募った。いや、表情の無さにではない。その眼の奥に炯々《けいけい》と燃える、激怒の炎にだ。

「逃げられるとでも？」

低い静かな声。有無を言わせないその迫力に気圧されかける。

萎《な》えそうになる意志の力を総動員して、マリアンナは漆黒の瞳を睨み返した。

空気がピンと張り詰める。両者どちらも引かぬ攻防を、先に引いたのは意外にもレオナルドの方だった。

表情をふと和らげると、次の瞬間、えも言われぬ微笑を見せた。

どことなく不器用そうな、心が掻き毟《むし》られるような優しげな笑み。

それは普段のレオナルド・アダム・キンケイドのものとはかけ離れたものだった。理知的で皮肉屋で、洗練されたウィンスノート伯爵の浮かべる笑みは、とても美しいが計算された冷笑であり、嘲笑だ。華やかな笑顔の裏には、必ず何かしらの棘《とげ》が潜む。

だが今の微笑は、棘のない、とても奇麗な笑みだった。

ドクリ、とマリアンナの心臓が音を立てた。

その笑みは、あの紳士を彷彿とさせたから。

十五歳の初夏、森の湖で出会った、あの初恋の紳士を。

——嘘よ、そんなはずはない！

あの紳士が、この男であるはずがない。わたしを蔑み嘲り、貶めたこの男などであるはずが。

そう思うのに、マリアンナは目の前のレオナルドの笑みから目が離せなかった。

するとレオナルドは、マリアンナの内心の葛藤に気付いたのか、口角を上げた。ニタリとした冷笑——社交界の寵児の笑み。

一瞬現れたあの紳士の面影は、もうどこにもなかった。

——ホラ、やっぱり。

そう納得しているのに、マリアンナは、何故か心に留まる想いが、安堵なのか失望なのか測りかねていた。

「お前は本当に可愛いね、マリアンナ。その、迷いながらも屈しない眼が、堪らない」

自分の中での葛藤に気を取られていたところに、揶揄するような声がかかり、唐突に太腿を撫でられてギョッとする。

「何をっ」

「何を？　決まっているだろう。私は新婚初夜の花婿で、お前は私の花嫁だ」

歌うような調子で囁き、レオナルドはベッドに放り投げられていた自らの夜着の腰ひもを抜き取った。抗うマリアンナの両手首に巻き付けて、ベッドの支柱に括り付ける。

「やぁっ」

「ホラ、これで逃げられない」

レオナルドはくつくつと喉で笑みを転がしながら、手の自由を奪われたマリアンナのシュミーズをあっさりと脱がせてしまう。最後の一枚を剝ぎ取られ、生まれたままの姿にされたマリアンナは、羞恥に泣き叫んだ。

「やめて！　イヤっ」

「ああ、イヤだろうな、可哀想なマリアンナ。大嫌いな男に操《みさお》を奪われるなんて。さぞや逃げたいだろうな」

マリアンナの上に馬乗りになったレオナルドは、マリアンナの細い顎を片手で摑んで自分に向けた。顔を近づけられ喚くのを止めたマリアンナに、唇が触れ合う寸前で囁く。

「でも、残念。逃がしはしない。——お前は、私のものだ」

それが押し付けるような尊大な物言いなら良かった。反射的に抵抗できていただろうから。

それなのに、その囁きは酷く甘く優しく、マリアンナの鼓膜を震わせた。

——どうして、そんな声で。

マリアンナは混乱していた。この男は、自分の大嫌いなあのウィンスノート伯爵だ。それなのに、自分を蔑み、貶め続けたその口で、どうしてこんな声で名を呼ぶのか。

まるで、マリアンナを慈しむかのように。

——やめて。

泣きたい気持ちでマリアンナは呻いた。

しかしレオナルドは優しくその頬にキスを落としていく。

「可愛い可愛いマリアンナ」

「……や、やめて……」

耳の奥に注ぎ込まれる優しい囁きに、ゾクゾクとした慄きが背筋を這い、マリアンナの感覚が煙っていく。手を縛られ下半身に乗りかかられ、身動きの取れない状態で、唯一抵抗を示せる声すら、弱々しいものになっていく。

びちゃ、と生々しい水音が大きく響き、耳介《じかい》にぬめった感触がした。

「ひぁっ」

びくん、と頭を仰け反らせてマリアンナは嬌声を上げた。その反応にレオナルドが喉を鳴らす。

「ああ、ここが弱いのか」

嬉しそうにそう言うと、執拗《しつよう》に耳を舐《ねぶ》り始める。

「あっ、んっ……だめ、くすぐった……んっ」

ぴちゃ、ぬちゅ、という水音が響く度、マリアンナの身体はビクビクと揺れた。

「くすぐったいだけ？」

面白がるようにそういうと、レオナルドはその手をマリアンナの乳房に這わせた。さして大きくもないマリアンナの両乳房を持ち上げるようにして揉み上げる。白く柔らかな肉は男の節くれだった指の力にあっさりと屈し、ぐにぐにと卑猥に形を変える。

「お前はどこもかしこも本当に可愛らしい……」

レオナルドは溜息と共にそう独りごちると、白い双丘の上に実った桃色の小さな実をパクリと口に含んだ。

「ぁあっ！」

思いもかけない場所が熱く濡れた感触に覆われ、初めての刺激に悲鳴を上げる。

「や、やめてっ！　どうしてそんなこと……！」

身悶えしてやめさせようとするが、レオナルドは意に介した様子もなく、口に含んだ果実を赤子のように吸い上げる。

「ひ、ぁあっ、あ……！」

ちゅくちゅくと吸われ、更にもう片方を指で捏《こ》ね回されると、じんとした痺れが下腹部に生まれた。

——何だろう、この疼きは。

熱くて腫れぼったくて、じわじわと全身に広がっていくようだ。まるで血に入りこんだ毒のように。そう、これは毒だ。危険なもの、有害なもの。そう分かっているのに、どうしようもなく甘かった。

「ぁあ、だめぇ、も、やだ」

次第に快楽に酩酊していく身体を叱咤するように、マリアンナはイヤイヤと頭を振った。

「イヤ？　そんな声を上げているくせに、嘘つきだな、マリアンナ」

「ほん、とに、やなのぉっ……」

嘘なものか。マリアンナは心からそう言っている。こんな、わけの分からない熱病のようなものに浮かされて、おかしくなる自分の身体が怖かった。

それなのにレオナルドは聞いてくれないだけでなく、更にその熱を煽ろうとさえしてくるのだ。

「嘘なものか。お前の身体はこんなに悦んでいる。ホラ……」

そう言いながら、レオナルドはマリアンナの下肢の付け根に手を滑らせる。

「ひゃあっ」

今まで誰にも触られたことがないばかりか、自分でもまともに触れたことのないような場所を触られ、マリアンナは仰天した。だがそんな狼狽など気にも留めず、レオナルドは身勝手に指を動かし始める。

「ああ、もう濡れている」

レオナルドが嬉しそうに言ったが、その意味を理解できないまま、マリアンナはその指の動きに感覚が集中していくのが分かった。指はマリアンナの花弁の割れ目を確かめるようになぞっている。ぴちゃ、という水音が聞こえて、更には触られている部分にぬるついた感触を認めて、マリアンナはギクリと身を強張らせた。

「……月のもの……!? ダメ、やめて、触ってはダメ！」

予定ではもっと先のはずだったが、女性の身体は繊細だ。急過ぎる結婚やその他の心労から狂いが生じたとすれば、大いに納得できる。

女性の穢れともされるその血液を、男性に、しかもよりによってこのレオナルドに触られるのはどうしても嫌だった。

「大丈夫、これは月のものではない」

猛然と暴れ出したマリアンナを、レオナルドは髪を撫でて宥めた。

「嘘よ！　だって、そんなところから……」

「母上から閨《ねや》のことについて何も習わなかったのか？」

勿論聞いたことはある。マリアンナとて年頃の娘だ。三年前、デビュタントとして堂々と異性に接触できるようになった時、淑女はどうあるべきなのか――つまり異性と不埒な行いをしないこと、そしてそれは結婚したあかつきに行う、夫となる男性との神聖な儀式なのだということを教えてくれた。

そう、儀式。

その儀式の方法については、母はこう言っていた。

「お母さまは、初夜ではベッドに横たわってすべて夫に委ねていればいい、と仰ったわ」

「…………なるほど」

レオナルドは些《いささ》か脱力した様子で呟いたが、唐突に唇を塞いできた。歯列を割って舌が入り込み、マリアンナの小さな舌を絡め取り、扱き上げる。くちゅくちゅとした粘着音が自分の口内を伝わって鼓膜に直接響く中、再び秘所にも触れられてビクリとなった。

「……っ、い、いけない……」

顔を背けてキスを中断し、不満を訴えかけようとすれば、レオナルドがそっと指で唇を押さえた。

「大丈夫。これは月のものではない。女性の身体が快楽を知ると、蜜を零すようになる。これはその蜜だ」

「み、蜜？」

そんなことは初めて知った。

マリアンナが半信半疑で聞き返せば、レオナルドは苦笑して秘所を弄っていた指を引き抜いて、マリアンナの目の前にかざした。

その手は濡れてテラテラと光っていたが、その液体は透明で、赤くはなかった。

「ホラ、血ではないだろう？」

言いながら、レオナルドはその液体に塗《まみ》れた指を、べろりと舐め上げた。

「やっ――何をするの」

わけも分からず羞恥心が込み上げて、顔面に一気に血が上るのが分かった。マリアンナのその様子に、レオナルドは意地悪そうにニタリと笑う。そしてマリアンナの両手が使えないのをいいことに、わざと見せつけるように指を舐っていく。

「ああ、甘いな、お前の蜜は……」

愉悦に耽るように言って、レオナルドは瞳を艶めいた色できらめかせた。マリアンナはその色っぽさに狼狽して、目を白黒させながらかろうじて言葉を絞り出す。

「な、なにを……！　やめて、そんな、汚い……！」

月の穢れではなかったにしろ、自分のあんな場所から出た体液を口に入れるなど、正気の沙汰とは思えなかった。しかしそれ以上にどうしようもなく恥ずかしく、マリアンナは必死で言い募った。

だがそれが却ってレオナルドの嗜虐心を煽ってしまうのだと、マリアンナはまだ気付いていない。

レオナルドは大袈裟に眉を上げると、不思議そうに首を傾げた。

「汚い？　こんなに甘いものが？　この蜜ならばいくらだって舐め取ることができるぞ。ホラ、こうやって……」

レオナルドはマリアンナの両膝の裏に手をかけて大きく開かせる。

「きゃあっ」

足を開かされ悲鳴を上げていると、もっと衝撃的なことが目の前で起こって、マリアンナは驚愕した。

「やぁあっ、だめぇっ」

レオナルドがマリアンナの両脚の間に顔を埋め、蜜を零すその場所に直接口を付けたのだ。

熱い吐息がかかり、その刺激に反応する間もなく、濡れた柔らかなものが花弁を這った。

「ひっ……」

身を竦ませるマリアンナに、レオナルドは宥めるように太腿の内側を擦る。その手の温かさにも、ぞくりと電流が走る。

ぴちゃ、ぐちゅ、と淫らな音が立ち始め、レオナルドの舌がマリアンナの形を確認するかのように這いまわった。花弁を上下になぞり、蜜壺の狭い入り口をぐるりと撫で上げると、じゅる、と音を立てて啜り始める。

「あ、ぁあっ……やあぁっ、も」

慣れない刺激が、気持ちが好いのか悪いのか、正直よく分からない。けれども猛烈な羞恥心と身体の中を巡るむず痒いような疼きが、マリアンナの思考を白く溶かしていく。

「ああ、後から後から蜜が溢れ出す。いくら舐め取っても追いつかないな……なんていやらしいんだ、マリアンナ」

からかうような、けれどどこか恍惚とした様子でレオナルドが呟いたが、それを諫めるだけの理性がもうマリアンナには残っていなかった。

レオナルドの指が蜜壺の中にツプリと埋められる。

「はぁっ……ん、んん……」

やはり異物感に呻けば、レオナルドの舌が敏感な花芯を弾いた。

「ふぁんっ、あ、あぁぁ」

ビクン、と全身が撓《しな》る。目の前でバチン、と火花が散った。

「やはりここが好きか」

レオナルドの納得するような声と共に、尖らせた舌先で花芯を更に上下左右に嬲られ、マリアンナはビクビクと身を痙攣させながら啼いた。

「あ、ぁあ、あ、ふぁっ、ぃ、あああっ」

快楽。与えられるその刺激は、もう曖昧なものではなく、快楽でしかなかった。弾ける火花は徐々に回数を増やし、ドクドクという心臓の鼓動が速まる。

全身の皮膚の感覚が研ぎ澄まされ、レオナルドの髪が触れる些細な接触にも反応してしまう。

蜜壺に入り込んでいた指が、二本に増やされる。一本の間は出し入れするだけだった動きが、二本になることで、バラバラと別々に動いたり、蜜道を広げる動きが加わった。

「やだ、やだぁ……！」

違和感に喘ぐマリアンナに、レオナルドは嬲っていた花芯にフッと息を吹きかけた。

「んっ！」

「よく解しておかないと、私のものを受け入れた時にキツいだろうからね」

言いながら指の動きを速められ、ぐぷん、ぐちゅん、とさらに泡立った水音が立つ。卑猥さを増したその音に、マリアンナの脳髄《のうずい》が麻痺していく。

「ぁあ、ぁ、やぁ、だ、めぇ」

呂律《ろれつ》の回らない舌が紡ぎ出す音は酷く鼻にかかっていて、情けない。脳の裏側の部分でそう思っているのに、身体はもう言うことを聞いてくれなかった。

全裸で両腕を縛り付けられながら、蜜壺を弄られて白い身をくねらせるマリアンナの痴態に、レオナルドが堪りかねたように悩ましい吐息を吐く。

「なんていやらしいんだ……想像以上に、快楽に弱かったようだな。嬉しい誤算だよ、マリアンナ……」

「やぁあっ、ちが、い、やらしく、なんかっ」

「いやらしくなければ——淫乱、か？」

くく、と笑いながら、レオナルドがもう片方の手でマリアンナの胸の蕾を摘まみ上げ、それと同時に秘所に伸ばされた手の親指で、それまでの愛撫ですっかり充血して膨らんだ花芯をグリ、と押し潰した。

「ひ、ぁああっ」

耐え切れなかった快楽が弾け、マリアンナは悲鳴を上げて達した。

身の内側でギリギリと引き絞られていた絹糸が、バシン、と勢いよく切れたような感覚だった。

　初めて経験した絶頂に、半ば呆然と身体を弛緩させるマリアンナに、レオナルドは容赦なく口づける。息も絶え絶えなところに激しく口内を蹂躙され、マリアンナは息苦しさに呻いたが、拒む力は残っていなかった。酸欠に目がチカチカとし始めた時、ようやくレオナルドが唇を離して、うっとりと言った。

「可愛い可愛い、私の小鳥。快楽でその翼を縛って、もう二度と飛べないようにしてあげよう」

　朦朧としたマリアンナには、何を言われているかを理解することができなかった。

ただ、こちらを見下ろすレオナルドの漆黒の瞳が、とても優しく美しいのを、不思議な気持ちで眺めていた。

　この男は、こんな瞳をしていたかしら？　こんな、優しげな瞳を？

いいや。この瞳はいつだって冷たかった。冷酷に蔑み、見下ろしていた。

それならば、何故――？

ぼんやりとした疑問は、浮かんでいるようでまた消えかかり、曖昧なまま脳裏を漂う。

自らの酩酊した思考に気を取られていたマリアンナは、レオナルドがマリアンナの脚を持ち上げて、濡れそぼった蜜口に熱いものを宛がったことに気付かなかった。

「そして堕ちておいで。……私の手の中に」

気が付いたのは、まるで呪文のような囁き声を聞いた瞬間だった。

ぐぷ、と内臓を押し上げて突き刺さる、剛直。

「んぁあ、あああっ」

とてつもない圧迫感に、マリアンナははくはくと喘いだ。押し広げられる襞が引き攣《つ》れる感触に、本能的に身体が恐怖に慄いた。

「やぁっ、いやあああっ」

身を捩ってもがくも、腕を縛り上げられ下肢をがっちりと固定された状態では、ほとんど意味をなさなかった。

レオナルドはゆるゆると腰を動かし、慎重に、けれど確実に自身の楔《くさび》をマリアンナの中に埋め込んでいく。

ぬち、くち、と粘着質な音が立つ割に、これまで誰も受け入れたことのない未開の洞は開かず、進んでは退きを繰り返しているように思えた。

何かを堪えつつも身体を揺さぶり続けるレオナルドの呼気も上がっていき、その逞しい腕や肩にも、玉の汗が浮かんでいた。

やがてレオナルドが短く、思い切ったような動きをした。入り口付近で停滞していたものが、明らかにそれまでとは違う勢いを付けて、ぐうっと押し迫って来る。異物の深い侵入にグッと息を止めていると、いきなり全身を貫くような痛みが走った。

「きゃあっ！」

頭のてっぺんから爪先まで、大きくビクン、と痙攣させ、マリアンナは叫んだ。

痛い、いたい、いたい、イタイ――!!

その鮮烈さに四肢が小刻みに震え、マリアンナは苦痛から逃れるために泣きながら身悶えした。

「いたい、ぃたいの! おねが、どいて、どいてぇ!」

自分にのしかかる大きな体躯を押し退けたいのに、痛みに打ち震える身体は力が入らず、ただ赤子のように泣きじゃくるしかなかった。レオナルドはそんなマリアンナの身体を抱き締め、辛抱強くその髪や背を撫でる。

痛みに錯乱しかけていたマリアンナだったが、温かく大きな手で撫で擦られ落ち着きを取り戻し、やがてその苛烈な痛みもじんわりと引いていき、鈍い痺れのようなものが残るのみとなった。

マリアンナにしがみ付くようにして動きを止めていたレオナルドが、そっと身を起こす。

破瓜の痛みの名残に呆然としているマリアンナの額にキスを落とすと、レオナルドはゆるゆると腰の動きを再開した。

この男は、閨事になるとこんなふうに女性に優しくなるのだろうか。マリアンナが初めてだったからということもあるだろうが、それにしてもなんとも薄気味悪い。

「――っ、はぁ」

やたらと色気のある吐息を漏らしながら、レオナルドがゆさゆさとマリアンナを揺さぶる。その度に、穿たれた剛直が出ては入り、入っては出てを繰り返す。

「さすがに、狭い、な……だが、私のものを根元まで咥え込んでいる」

「んっ、ぁっ、はあ、あ、ああっ、あ」

粘膜と粘膜が擦れ合う。熱と熱が合わさり、溶け合ってドロドロになる。

硬く膨れ上がったレオナルドの欲望に膣の内壁を擦られる度、鈍い痛みがマリアンナを苛む。その疼痛を和らげようとする自然の動きなのか、ゆっくりと自分の身体が柔らかく解れていくのが分かった。

溢れ出る蜜を甘いとレオナルドは言った。ならばこの溶け合っている部分に籠もった熱が、マリアンナの脳までも甘く溶かしてしまったのか。

「は、啼く声までも、お前は可愛らしい……」

く、と喉を鳴らしてレオナルドが笑った。

何を今更、と思う。そう思うのは、十六歳のマリアンナだ。

マリアンナの中の傷付いた少女はいつだってそこにいて、レオナルドに牙を剝《む》いている。それだけが自分なのだと思っていた。けれどもこうしてその男から齎《もたら》される疼きにも似た快楽の中を漂っていると、その少女がやけに遠い。じゃあ今の自分は何なのか、と聞かれても、マリアンナは答えをもっていなかった。

ただ、今揺蕩《たゆた》っているこの甘い陶酔の中では、目の前の男に触れたいと思っている。自分を傷付けた、その男に。

自分とレオナルドとが混じり合った場所からじゅぶ、じゅぐ、という泡立った音が立つ。

「っ……ああ、お前の中はとても、熱い……」

悦に入ったように耳元で囁くと、レオナルドはぐん、と勢いよく一突きした。

「っ、はぁっ！」

最奥を抉られ、マリアンナはその重い衝撃に身を仰け反らせた。閉じた眼裏《まなうら》にチカチカと星が飛ぶ。その衝撃は、痛みではなかった。身体中へ響き渡る熱っぽい痺れ。

「ぁ……はっ……」

マリアンナは呻いた。

欲しい。もっと、この痺れが欲しい。

じんじんと甘く、存在ごと蕩けさせるような、この痺れが。

「……溶けそうだな」

重なる思考に目を見開くと、レオナルドが腰を動かして中を掻き回す。抽送はせず、最も奥を穿ったまま、硬い切っ先をぐりぐりと押し付けられた。

「……っ」

マリアンナは息を呑んで堪えた。何を堪えているのか分からないが、身体中の筋肉が強張るのを感じた。

「ああ、お前、奥が好きなのか。初めてだというのに、奥で快感を得るとは……く、本当に、随分な淫乱だ」

「い、ん……らんじゃ……」

「淫乱だろう。ホラ、ここが気持ちいいんだろう？」

ぐり、と更に深く強く押し抉られ、マリアンナの脳髄に痺れが走る。

「ぃあっ」

「ホラ、また締め付けて。こんなに美味そうに涎を垂らしながら、私のものを根元まで食い締めているくせに、淫乱じゃないなどどの口が」

ひくつき始めた肉襞を、レオナルドの剛直がずるりと引いていった。内部を引きずるようなその感覚にぞくりと慄いた瞬間、また突き入れられる。

熱い。どんどんと加速するレオナルドの動きに、マリアンナの中に広がった痺れの熱も高まっていく。

ギリギリと神経の糸が引き絞られていくのが分かった。

「あっ、んんっ、んぁっ、は、あ、ぁ、……レオ、レオナルド……！」

何故名を呼んだりしたのだろう。

けれど、マリアンナは確かに目の前の男の名を呼んだ。

レオナルドはその刹那、驚愕したように目を見開いてマリアンナを凝視した。

それを疑問に思う間もなく、唇を塞がれる。

激しい、奪い尽くすようなキスだった。

マリアンナを穿つ剛直が、中で更に大きさを増したのを感じた。それに呼応するように、マリアンナの襞がレオナルドをもっと奥へと絡め取ろうと引き絞る。

「……っ、く……」

レオナルドが歯を食いしばって呻いた。

何かが近いのが分かった。

レオナルドがマリアンナの中から出て行こうとするのに気付き、マリアンナは首を振って泣き叫んだ。

「ぁ、行かないで……！」

このままこの混沌の中に置き去りにされたくなかった。

「――クソッ」

マリアンナの懇願に、レオナルドが悪態を吐いて身体を戻した。

激しく穿たれ、つながり合った部分から溢れ出た蜜液が、後孔にまで流れ伝う。泡立った粘液はどろりとしていた。

「……あ、レオナルド!!」

引き絞られた神経が、限界まで張った。マリアンナはすべての感覚が真っ白になっていく中、必死にレオナルドの名を呼んでいた。

剛直が欲の吐出し口を求めて極限まで張り詰める。

「マリアンナ……」

酷く切なく名を呼んで、レオナルドが身に轟くような一突きをした。

「ああああっ」

すべてが、弾け飛んだ。

雷に打たれたかのように身を痙攣させて、マリアンナは達した。

身体が弾け飛ぶような感覚だった。すべてがちりぢりになって、曖昧になって行く。

それなのに、自分の内側にいるレオナルドの存在だけが、妙に生々しい。

「……くっ……！」

狂おしいほど艶美な声で唸り、レオナルドはその滾《たぎ》り切った熱を、マリアンナの子宮に向かって吐き出したのだった。

第四章　冷酷と、やさしさと。

どうやって懐柔したのか、レオナルドは父から結婚承諾をもぎ取ったらしい。

初夜の蹂躙の後、目が覚めた時には日はすっかり高くなっていた。仰天して身を起こすも、全身がギシギシと軋んで悲鳴を上げる。あらぬところに重い鈍痛が走り、情けないことに一人で立つことも適わない有様だった。

メイドの助けを得て何とか湯を浴びて身を清め、ベッドの上で軽い食事をしていたところへ、執事が荷物を運び入れてきた。

「ご実家から送り届けられました。お母上からのお手紙もございます」

「お母さまから？」

マリアンナは嬉々としてそれを受け取り、赤い封蝋を切って中を開いた。

『愛するマリアンナへ

あなたがウィンスノート伯爵と結婚をすると聞いて驚きました。だって、よりによってあのウィンスノート伯爵ですもの！　お父さまも腰を抜かさんばかりだったわ。

お父さまは猟銃を持って伯爵を撃とうとまでなさって、家の者みんなで止めたのよ。本当にハラハラしました。けれど、伯爵があなたへの愛を切々と語る様子に、そこにいた一同、みんな胸をうたれたのです。

伯爵のあなたへのあの暴言の数々は、あの嫉妬深いクイーンズベリー侯爵未亡人の攻撃を、あなたから逸らすためだったなんて！　結果として執念深い侯爵未亡人は、伯爵が興味を示したと言うだけで、あなたを虐める結果になってしまったようだけれど、伯爵はそれも含めて誠実に謝ってくださったのよ。それでお父さまも渋々だけれど納得したようです。

──愛するマリアンナの名を、致し方なかったにせよあんなふうに貶めてしまって、心から悔やんでいるのです。これからは彼女に精一杯尽くし、愛し、守り抜くと誓います──。

伯爵さまは真摯な面持ちでそう仰っていたわ。もうその姿は、本当に軍神テトレイスのように凛々しくて……！

娘を愛してくださる旦那さまで、わたくしは本当に嬉しいわ！

紆余曲折あったけれど、あなたがまた前向きな気持ちを取り戻し、結婚に踏み切ってくれたことを、本当に嬉しく思っています。

伯爵のこれまでの所業を赦し、彼を愛し、幸せのための一歩を踏み出したあなたを、誇りに思います。

どうか、幸せになってね、マリアンナ。

お母さまより

追伸
急ごしらえだけれど、あなたの荷物を送ります。
伯爵はあなたが馬に乗るのを構わないと仰っていたので、あなたが着ていた男物の服をすべて入れましたよ。トリスタンのお古ばかりだけれど。あなたを理解してくれる旦那さまで、本当に良かったわね、マリアンナ。』

読み終わって、マリアンナは激怒するべきか安堵するべきか非常に悩むことになった。のほほんとした人だと思っていたが、ここまで能天気だとは思わなかった。いや、父まで騙されたということは、よほどあの男の演技力が凄まじかったのか。

しかし取り敢えず、両親を安心させることができたようだ。

マリアンナは深い溜息と共に、その手紙を封筒に戻した。

それから執事が何か言いたげにそこに佇んだままなのを見て、マリアンナは小首を傾げて促す。

「ジョージ？　まだ何かあって？」

すると執事はパッと顔を輝かせて話し出した。

「奥さまは読書家だと伺っております」

「ええ、その通りだけど……」

マリアンナの趣味を誰がどうやって調べたのだろう？　と思ったが、レイヴンズバーグの領民に聞けば誰でも教えてくれるだろう。教会で子供たちに読み聞かせをしていることは有名だった。

「お身体に差し障りがありませんでしたら、是非一度、この邸の図書室へ足をお運びくださいませんか？　奥さまのためにと、旦那さまが改装なさり、蔵書も倍以上にお増やしになられたのです。それはもう素晴らしい出来で、きっとご満足頂けると思うのです！」

「ええと……嬉しいのだけど、今日はあまり読書という気分ではなくて……」

嬉しそうに喋る執事とは裏腹に、マリアンナは曖昧に言葉を濁した。

「今日は、本調子ではないから……また後日、見させてもらうわね」

「そうですか……」

あからさまにガッカリとした顔で執事が項垂れる。何だか申し訳なくなって、「ごめんなさいね」と付け加えると、慌てたように顔を上げた。

「とんでもございません！　こちらこそ出過ぎた真似を致しました！　ただ、旦那さまは奥さまをお迎えするのを心待ちになさっておいでだったということをお知らせしたかったのです」

うすうすと感じてはいたが、やはりこの執事をはじめ使用人たちは、レオナルドがマリアンナを愛し慈しんでいるのだと勘違いしているようだ。

愛されて望まれて嫁いで来た新妻が、悪態を吐くわ、初夜に逃げ出すわで、主人に忠実な使用人たちは憂慮していることだろう。何とかして、この懐かない新妻の心を主人に向けさせようと、懸命に努力しているようだ。

使用人たちには罪はない。けれどマリアンナにしてみれば、彼らの期待は正直迷惑なものでしかない。かと言って、これから生活していく上で、彼らを敵には回したくない。

マリアンナは執事に微笑みかけた。

「教えてくれてありがとう、ジョージ。旦那さまのお気持ちをありがたく思います」

すると執事はホッとした表情になって、「とんでもございません」と深々と頭を下げる。

その健気な様子に、マリアンナは良心の呵責《かしゃく》を感じたが、レオナルドへの嫌悪を払拭することなどできない以上、致し方ない。

誤魔化すように目を伏せて、「わたしの荷物を整理しますから、何人か人を呼んでください」と、別の指示を与えたのだった。

実家から届いた荷物の量は膨大だった。まがりなりにもマリアンナは貴族の令嬢で、衣装や道具はそれなりに持っている。急な結婚で、嫁入り道具を揃えられなかったためか、母はマリアンナが使っていた日用品を一切合財送って寄越したらしい。この広いウィンスノート邸の主寝室のクローゼットをもってしても入り切らない量となってしまった。

元々レオナルドが用意していたというドレスもある上、マリアンナには乗馬用の男性服も多くあるためなのだろう。

手伝ってくれた二人のメイドは、マリアンナの男性服を見ても何も言わなかった。マリアンナの男装癖を前もって知らされていたのか、或いは躾が行き届いているのか。どちらにしても、余計な詮索をされないことに、マリアンナはホッとした。

片付けている途中で、メイドの一人が声をかけてきた。

「あの、奥さま。このモーニングコートには、揃いのトラウザーズとベストはないのでしょうか？　それに、これだけサイズが大きいようですが……」

「え？」

トリスタンのお古の乗馬服は、大抵三つ揃いになっている。コートだけのものがあっただろうか、と振り返れば、メイドが手にしていたのは、あのモーニングコートだった。

マリアンナが自室のクローゼットに大事にしまってあったのを、母が入れてくれたのだろう。

「それはわたしがやるわ。とても大切なものなの。ありがとう」

マリアンナはあわててそのコートを受け取った。

手に馴染む生地の感触。あの日から、事あるごとにクローゼットから取り出しては抱き締めたり、羽織ったりして、彼との思い出を反芻《はんすう》した。

――そうだ。彼に、会いに行こうと決めていたんだ。

トリスタンの強さと行動力に心を打たれて、自分も同じように強くなりたい、そう願った。

会いたい。彼に、会いたい。

どこの誰かも分からないけれど、彼に会って、この初恋を告げたい。忘れられているかもしれない。顔もろくに見せなかった、恩知らずな娘だ。そもそも純潔を失ってしまった以上、この恋が実ることは決してないだろう。それどころか、ふしだらな女だと軽蔑されるかもしれない。

でも、それでもいい。

彼に会えれば。

きっと、虐められて負け犬に成り下がるしかなかった惨めな自分から、変われるような気がする。

そうしたら、生まれ変わったつもりで、新しい人生を生きよう。

臆病で負け犬のマリアンナ・アメリア・ベイリングも、貶めた張本人であるウィンスノート伯爵も、全部全部捨ててしまえばいい。

「会いに行くわ、あなたに」

マリアンナはコートを抱き締めて、そっと呟いた。

レオナルドの隙を見つけていつか会いに行く。

その決意は、マリアンナにとって唯一の未来へのよすがに思えたのだった。

*

「男物の服が届いたそうだな」

帰宅したレオナルドが、マリアンナの部屋にやって来て、開口一番にそう言った。

ようやく部屋の荷物を片付け終えて、ホッと気が抜けていたマリアンナは、不機嫌を絵に描いたような男の顔を、眉を寄せ見上げるしかなかった。

何が気に入らないと言うのか。マリアンナが男装をして馬に乗ることくらい、先だって承知しているはず。それをネタにマリアンナを貶めた張本人なのだから。

「な、何を今更……」

「捨てろ」

にべもなく言い捨てられた言葉に、マリアンナは唖然とした。

何を言われているのか、一瞬理解できずにいたせいもある。

捨てろ、と言ったのだろうか。この男は。

男物の乗馬服は、マリアンナにとって特別なものだ。それはマリアンナの矜持の象徴とも言えるものだ。

馬に乗るのが好きだ。馬に乗っている時、世界は光り輝くから。

好きなもの、好きなことを貫こうと思った。たとえ、それが世の中の常識から外れていたとしても。そのせいで嘲笑を浴び貶められてしまったとしても――いや、そうなったからこそ、貫かねばならなかった。自分を見失わないように。

マリアンナはレオナルドに敵愾心《てきがい》を抱きながらも、妙な話だが、信用していた点が一つあった。それは、レオナルドが『決して屈しないマリアンナの気持ちを評価している』という点だった。レオナルドがマリアンナを執拗に追いつめるのも、恐らくはそこに原因がある。

レオナルドはマリアンナを屈服させたいがために虐め続けるが、そこには『マリアンナが決して屈服しない』という前提があるのだ。

もしマリアンナが媚びるような素振りを見せたなら、レオナルドはきっとあっさりと興味を失っただろう。

それはレオナルドが、『男装して馬に乗ることを止めない』というマリアンナの気概を認めているからだと、そう思ってきた。――今の今までは。

だが、そうではなかったのだろうか？

すべてはマリアンナの都合のいい思い込みで、レオナルドはやはり男装して馬に乗るようなマリアンナを、ただ単に、恥ずかしいと、破廉恥だと、そう思っていたということだろうか？

「——な、にを……」

顔を引き攣らせてようよう言葉を紡ぐマリアンナに、レオナルドは表情を変えることはなかった。真っ青に顔色を失ったマリアンナを冷たく見下ろして、断じた。

「捨てろ。それらはもう必要ない」

ガン、と鈍器で頭を殴られたような気分だった。

乗馬服を、捨てろ、と言った。それは即ち、マリアンナの乗馬を赦さないと言っているのだ。

裏切られた——実にバカバカしいことに、マリアンナはそう感じてしまった。裏切るどころか、レオナルドは示していたではないか。それこそ、最初会ったあの時から。

『田舎娘』そう言ってマリアンナを嘲笑った筆頭だったではないか。結婚式をしないのは、存在を世間から隠してしまいたいような妻だからだ。

最初から、なかったのだ。

マリアンナが都合良く感じていた、ある種の信頼関係など。

「——ふ、ふふふ……」

乾いた笑いが漏れた。

なんてバカバカしい。そうだ。この男は、わたしの敵。そう思ってきた。そこに信頼関係などあっていいはずがない。わたしはこの男から逃げるのだ。人の良さそうな使用人たちを騙してでも。

そう思うのに。

どうして、この胸はこんなにも痛むのだろう？

どうして、泣き出したくなるほど、情けないのだろう？

違う。泣きたいはずなんてない。怒りこそすれ、泣く理由なんてないはずだ。

マリアンナは、涙の代わりに大声を張り上げた。

「捨てろ、ですって？　冗談ではないわ。わたしはわたし以外の何ものにもならない。わたしは男装して、馬に跨って乗るわ。今まで通り。誰にも文句など言わせない！」

挑むように顎を上げて、マリアンナはレオナルドに対峙した。

吐き捨てるような宣言に、レオナルドが表情を変える。

氷のようだった漆黒の瞳に、艶やかな光が揺らめき、色が濃くなる。仮面のようだったその美貌に一気に熱が吹き込まれるのを、マリアンナは魅入られたように凝視していた。

やがてその整った容貌の中で、唇がゆっくりと持ち上がり弧を描く。

「本当に、堪らないな」

心底嬉しそうなその一言に、マリアンナはザッと全身の血が引くのが分かった。

——怒らせた！

それは直感でしかなかったが、多分正しい。目の前の柔和な笑みを浮かべている男から発されている空気が、ビリビリと電気を放ってマリアンナの本能に伝える。

逃げろ！

部屋のドアはレオナルドの背後にある。逃げるには不意を突くしかない。マリアンナは身を屈め脇をすり抜けようと足を踏み出した。

だがその目論見はアッサリと見破られた。脇を抜けるどころか、レオナルドの腕の中に自ら飛び込む形で、捕獲されてしまった。

「嬉しいね、妻からの抱擁か」

レオナルドはくつくつと喉を鳴らしながら、ぎゅうっとマリアンナを抱き締める。

「だっだれが、抱擁など！　離して！　わたしは逃げるつもりだったのに！」

喚き散らして暴れてみせるも、レオナルドの拘束は弛《ゆる》まなかった。それどころか子供を宥めるように抱え上げられてしまった。そのままドサリとベッドに落とされ、目を回しているところにのしかかられる。

昨夜と同じような展開に、マリアンナが「マズイ」と泡を食ったが既に遅かった。

「逃がすとでも？」

耳朶に息を吹きかけるように落とし込まれた低い囁きは、甘さなど欠片もなかった。

やはり怒っているのだ。

でも、だからといって、何故自分の方が下手《したて》に出なくてはならない？

悪いのはレオナルドだ。馬に乗るような妻が嫌ならば、マリアンナなど娶らなければよかったのだ。

そう言ってやりたいのに、声が出ない。

声を出せば、泣き声になってしまいそうだったから。

歯を食いしばって耐えるマリアンナに、レオナルドは口づけた。

ふわりと、柔らかな唇の感触がマリアンナのそれを覆う。

のしかかる重く固い拘束とは裏腹に、そのキスは優しかった。マリアンナの唇を労るように食み、宥めるように舐める。そのちぐはぐな触れ合いに、マリアンナは叫び出したくなる。

冷酷で、やさしい。蔑むように、愛しむように。

どちらが本当なのか。どちらを信じればいいのか。

——迷いなど、持ちたくないのに。

憎んでいればいい。この男は敵なのだから。

優しさなんか、要らない。優しくなんかして欲しくない。

「マリアンナ……」

啄む唇が、促すように自分の名を呼んだ。甘い甘い吐息とともに。

——呼ばないで。わたしの名を、そんな声で。

心を動かされたくなどない。だから耳を塞ぐ代わりに、マリアンナはより強く奥歯を噛み締める。その歯列を、レオナルドの舌が何度もなぞる。懇願するように。

「マリアンナ」

——聞きたくない。イヤだ。

ぎゅ、ときつく瞼を閉じて、キスを避けるために顔を背けた。そうすれば、無理矢理に顔を押さえつけられ、舌を捻じ込まれるだろうと踏んでいた。

だがレオナルドはそうはせず、顔を背けたことで無防備になった首筋を舐め上げた。ぴちゃりと濡れた音がして、生温かい感触が首筋を撫で下りる。

「ひっ……」

ぞわりと怖気だって震えるマリアンナの胸元に、レオナルドの手が伸びた。ドレスの上から胸を揉み上げられ、息を呑む。

「やめ……」

初夜と同じ所業が繰り返されるかと思うと、身が竦んだ。破瓜の痛みの記憶は未だ鮮烈で、その後味わった愉悦には、恐怖を覚えた。腕を振り上げて逃れようともがけば、レオナルドはその手を摑んでキスをした。

「大丈夫、今度は苦痛はないはずだ」

「いやぁっ」

そうじゃない。苦痛がある方がいい。

酷くされていた方がいい。その方が憎んでいられるから。

マリアンナの否定を押し戻すように、レオナルドが再び唇を塞いだ。今度は舌が入ってくる。少し強引なキスだった。マリアンナの舌を絡み取り、裏側を扱き上げる。マリアンナの唾液を啜り、自分のそれと混ぜ合わせたものをマリアンナの口内に注ぎ込む。生温い液体を呑み切れず口の端から零せば、それを指で掬い上げられまた口の中に戻される。そのままその指を口の中に入れられ、代わりに離れた唇が僅かに荒げた息の中、うっとりと弧を描いた。

「しゃぶるんだ。この可愛い口で。噛むんじゃないぞ」

奥の方まで指を入れられ、えずきそうになり、マリアンナは涙目で咽せた。それなのにレオナルドは指を抜こうとはせず、薄ら笑いを浮かべている。

酷い。

そう思うのに、それに安心している自分がいて、マリアンナは混乱する。

おかしい。わたしはおかしくなっている。

酷さに安心を覚えるなんて。

混乱のままに、マリアンナは言われた通りに口の中の指をしゃぶる。舌で舐め回し、ねっとりとその皮膚の下まで味わうように。

それにくぐもった笑い声を上げながら、レオナルドはもう片方の手でマリアンナのドレスを脱がしていく。背に手を回し、そこのボタンを慣れた手つきで次々に外し、果実の皮を剝くようにして裸にしてしまった。じかに触れるシーツの感触に、鳥肌が立つ。

「ああ、お前はまるで桃のようだな。みずみずしくて、甘い……」

曝け出されたマリアンナの素肌の胸に頬を寄せて、レオナルドが言った。口の中の指を持て余しているマリアンナはそれに答えようもない。

恨みがましい眼でねめつけるマリアンナを上目遣いで見て、レオナルドは吐息で笑い、マリアンナの口から指を引き抜いた。

「その顔……煽っているとしか思えないのだが……分かっているのか？」

「煽ってなんかっ……！」

「そうだろうな。お前はいつだって無意識で、無防備で。無邪気を武器に男を籠絡するんだ。罪の意識もなく。まったく、性質《たち》が悪い」

言いながら乳房にべろりと熱い舌を這わされ、その中心の頂をマリアンナの唾液に濡れた指で転がされた。

「ん、……っ」

胸の先を弄られると、じくりとした疼きが下腹部に生まれる。胸の柔らかさを堪能するように舐めたり甘噛みしたりしていたレオナルドの口が、その上に咲く蕾を見つけて吸い上げた。

「んぁっ、ああっ」

胸の頂の両方を弄られ、その刺激の強さにマリアンナが身を竦める。ちゅうっとわざと音を立てて吸われ、指でころりと捏ねられ、マリアンナは恥ずかしさのあまり目をやることができない。顔を背けて目を固く閉じ、淫らな声が出てしまわないよう、必死で息を押し殺して耐えた。

「お前のその無垢さは、罪に等しい。廉潔な人間すら、お前を目の前にすれば嗜虐心を刺激される。真っ当な人間に狂気を呼び込む、お前は魔物だ、マリアンナ」

硬く尖った頂の側面を舌で扱かれ、左右に弄られ、甘噛みされる。生温かい口内で繰り返される甘美な拷問に、マリアンナの鼻から堪え切れない嬌声が漏れる。

「ふっ……ん、ふっ、んっ、……っ」

「ああ、教える快楽に逆らおうとする、その苦悶の表情が堪らない」

レオナルドは胸元に埋めていた顔を上げ、マリアンナの唇にもう一度淫らなキスを落とすと、マリアンナの身体を引っくり返して俯せにした。

「えっ？」

戸惑うマリアンナの背中に、すっと一本の線を描くように指で撫で下ろした。

「……ひっ……」

普段人に触れられない場所への刺激に、マリアンナがぞわりと仰け反れば、突き出すような形になったお尻を撫で上げられる。

「誘っているのか？」

「ち、がっ……！」

否定するマリアンナを無視し、レオナルドは両手でそのまま双丘の柔らかな肉を揉み込む。

「馬に跨って乗るから、もっと硬い肉体を想像していたのだが……」

独りごちるようにそう言いながら、レオナルドはその手をそのまま下らせて太腿を撫で、内側に這わせてもう一度這い上がらせる。その感触にぞわぞわっとした慄きが走り、マリアンナは両脚を閉じた。

「ダメっ……」

レオナルドの手が無防備な秘所へと向かっていることが分かったからだ。

マリアンナの両腿に手を挟まれた形になったレオナルドは、けれど意に介す様子もなく、太腿の間に更にもう片方の自分の手を差し込むと、アッサリとそれを大きく開かせてしまった。

「ホラ、こんなにも柔らかい」

「やぁっ……」

昨日貞潔を破られてしまったとはいえ、そこを曝け出す行為は、恥ずかしくて堪らない。必死で足を閉じようとするのに、それを押さえつけるレオナルドの手はビクともしなかった。

「お前はどこもかしこも柔らかい。このすべらかな背中も、細い腰も、白い太腿も」

言いながら、レオナルドはその場所に、ちゅ、ちゅ、とキスを落としていく。

染み一つない滑らかな背中、くびれた腰、そして太腿の内側――そこはどれもマリアンナが酷く快感を得る場所で、小さなキスでしかないその刺激に、大袈裟なほどビクビクと身を震わせてしまう。

太腿へのキスの後、レオナルドは言葉を切ってクツリと笑った。

「三つ星か……」

「――え？」

あらぬ場所に顔を据え置かれての言葉に、マリアンナが戦々恐々と聞き返せば、レオナルドはクスクスと笑い出した。

「お前、こんな場所に三つ星を隠していたんだな」

羞恥心と居た堪れなさ、そしてレオナルドの言葉の意味が分からずに、マリアンナは目を回しそうになりながら鸚鵡《おうむ》返しに聞き返した。

「三つ星？」

「そう。お前のここに、三つ並んだ黒子《ほくろ》があるんだ」

レオナルドは左の内腿に吸い付きながらそう言った。ちり、とした痛みが走って、マリアンナが小さく悲鳴を上げると、そこを労るように舌が這う。

「し、知らないわ……！　自分で見たことなど、ないものっ」

「では知っているのは、私とお前の乳母くらいか……。まぁ当たり前か。お前の初めてを散らしたのは、この私なのだから」

妙に嬉しそうにレオナルドが笑った。

「そ、それがどうしたと言うの」

また一つ、弱みを握ったつもりなのだろうか？　そう思えば腹が立って、マリアンナは身を捩ってレオナルドを睨みつける。

「あなたが知らなくて、他の人が知っていることなど、山のようにあるわ」

「へぇ？　他の人って、例えばお前の兄とか？」

その揶揄するような響きに、マリアンナはカッとなった。

確かに、マリアンナにはレオナルド以外の男性経験などない。マリアンナは社交界からしめ出された人間だ。恋をする場を奪われたも同然で、本当ならば社交界で得ていたはずの異性との健全な交流を、一切経験せずに来てしまった。

——それを、その元凶であるこの男にからかわれるなんて。

「兄じゃないわ、レイ神父よ！　レイヴンズバーグの教会に赴任していらした、それはそれはお美しい方だっ……キャアっ!!」

他に誰もいなかったので、ついレイ神父の名前を出してしまったのだが、途中でいきなりベッドに押し倒され目を見開く。

レオナルドはマリアンナの肩を摑んで、仰向けにしてベッドに縫い付けていた。

マリアンナは衝撃を堪えて息を呑む。

こちらを見下ろすレオナルドの形相が、身が竦むほど恐ろしいものだったからだ。

一切の色を失くした仮面のような表情だった。けれどその黒曜石の瞳だけは炯々と燃えていて、それが余計に非の打ちどころのない美貌を際立たせている。

「……その似非《えせ》神父が、お前に何をしたと？」

低い声で問われ、マリアンナはゾッとした。

今すぐここから逃げ出したいと本能が叫んだが、レオナルドにがっちりと肩を押さえ込まれている状況ではできようはずもない。

「マリアンナ」

黙っているマリアンナに、レオナルドが促した。黒光りする眼にひたと見据えられて、マリアンナは震える声で答えた。

「……だ、抱き締められたわ」

レオナルドの眉間に、くっと皺が寄った。

「――それから？」

「…………額に、キスを」

「……くそ！」

癇癪を破裂させるように、レオナルドが悪態《あくたい》を吐いた。

「あいつ……！」

誰に対するものなのか分からなかったが、レオナルドの尋常ではない激高ぶりに、マリアンナは怯えた。身を竦ませていると、レオナルドがこちらをゆらりと見下ろし、口の片側を上げて笑った。歪んだ笑みだった。

「聖職者にすら身を許すとは——身持ちの悪い」

ナイフで切り裂かれるような一言だった。

目を見開いたマリアンナに、レオナルドは嚙み付くように唇を奪うと、激しく口内を蹂躙した。呼吸すらも奪うようなキスにマリアンナが喘いでいると、下肢を乱暴に広げられ、レオナルドの昂ぶりを押し付けられる。

それが布越しではない生身だと気付いたマリアンナは、驚いて逃れようと身を捩った。

「やぁああっ、ダメ、入れないで!」

マリアンナは昨夜破瓜したばかりだ。あの痛みに再び襲われるかと思うと、恐怖心が先立つ。

だがレオナルドは非情だった。

暴れるマリアンナの肩を押さえつけ、もう片方の手で白い片足首を摑んで高く持ち上げた。大きく脚を開かせられ、マリアンナは悲鳴を上げる。

「いやっ! いやぁああっ、怖い、怖いのっ」

「何がイヤなものか。もうここは涎を垂らして雄を欲しがっている。これで昨夜まで純潔だったとは……なんという淫乱だろうね、お前は」

いきり立っている剛直をマリアンナの蜜口に何度も擦り付け、レオナルドは吐き捨てるように笑った。

これまでのレオナルドの愛撫で、確かにマリアンナの身体は蜜を零していた。それを娼

婦か何かのように嘲笑われるなんて――。

　悔しさと情けなさに、涙が込み上げる。

「まだ解してはいないが……これほど濡れているのであれば、大丈夫だろう」

　マリアンナの蜜を自らに纏わせるように腰を動かしていたレオナルドが、その亀頭を秘裂に宛がった。

「や、やめ――」

「味わえ、マリアンナ。お前の夫の味を」

　ぐぷり、と硬く膨れ上がった亀頭が、陰唇を割って入り込んだ。

「あ、ああ――」

　猛々しい肉茎が、陰道を押し開いてゆっくりと入り込んでくる。レオナルドの腰の動きに合わせて。

　まるで波のようだ、とマリアンナは思った。

　レオナルドが波ならば、わたしは砂浜だろうか。

　粘膜の引き攣れる苦痛に顔を歪めながら、男の顔を凝視した。

　少し粗削りな印象の輪郭、少し癖のある漆黒の髪、形の良い眉、高く通った鼻梁、薄い唇、そして、人を射抜くような光を放つ、ぬばたまの瞳――。

　なんて皮肉だろう。マリアンナ自身は、絶対に身を赦したくない男だったのに。彼に抱かれたい人間は山のようにいるというのに。

少し眉間に皺を寄せ、艶めいた表情で組み敷いているのは、よりによってマリアンナなのだ。

レオナルドが視線に気付き、マリアンナの頬を手の甲で撫でた。

「……何を、考えている？」

その口から出てきた声は、酷く熱っぽく、掠れていた。マリアンナは揺さぶられるままになりながら、レオナルドの黒い瞳を見て言った。

「大、きらい、あなた、なんて」

レオナルドが目を瞠って動きを止めた。

何をそんなに驚くことがあるのか。哂《わら》ってやりたくなって、マリアンナは口が滑る。

「憎むわ、あなたを」

驚愕に凍り付いていたレオナルドの顔が、くしゃりと歪んだ。

怒り故の表情だ。そのはずなのに。

――どうして目の前のレオナルドが泣きそうに見えるのだろう？

マリアンナは、胸の内に湧いたその不可思議な疑問を振り払うように、言葉を探した。なるべく、この男が傷付くような言葉を。痛みを与えられるような言葉を。

そうしなければ、わたしの怒りのやり場がなくなってしまう。

漠然とした不安に駆られ、マリアンナは目を逸らして口早に言葉を吐き出した。

「あなたのことなど忘れるわ。あなたがわたしにしたことも、あなたが嫌いだったと言う気持ちすら全部忘れて、新しく生まれ変わるの」

言い終わる前に、するりと首に絡み付いたのは、レオナルドの指だった。マリアンナの首は細すぎて、片手でほとんどを覆い尽くせそうだ。その手に、ぐ、と力が籠もる。

「――忘れる？　私を？」

平坦な声色だった。いつだって歌うようにものを言うこの男にしては珍しい、抑揚のない口調。マリアンナは圧迫に狭まった気道で、何とか吸気を得ようとしながらも、目を開いた。

再び見上げたレオナルドは、微笑を向けていた。今までに見たことのないような、穏やかで柔らかな微笑みだった。

「赦さない、決して」

ぐ、とまた力が籠もった。圧力が増して、耳がぼわんと膨張したようになった。顔が、熱い。

首に手をかけたまま、レオナルドが身を撓《しな》らせた。

ずん、と重く深く抉られ、マリアンナは脳の中を掻き回されるような心地になった。レオナルドの生み出す、波のリズム――それに合わせてできた渦が、マリアンナの血流にぶつかり、掻き乱し、同じ波長の渦を作る。

粘膜と粘膜、肉と肉がぶつかり合う音が部屋に響きわたる。

「逃がすものか。この手から逃れてしまうくらいなら、お前を――」

は、は、という荒い息が顔にかかる。締められた喉が、破裂しそうだ。

——苦しい。

足掻くべきか。この男にこのまま殺されるべきか。

限界の一歩手前で、呑気にもそんなことを考えた。

——どちらが、この男に報いる一矢になる？

「…………お、なる……」

何故その名を呼んだのか、そしてまた、首を絞められて出ないはずの声を、どうしてレオナルドが聞き取ったのかも分からない。

けれどマリアンナはレオナルドを呼び、その声をレオナルドは聞き取った。

その名を呼んだ瞬間、レオナルドが花が綻ぶように笑った。

ゆっくりと、気道を圧迫していた手が外される。

肺が一気に開放され、ぜっ、と音を立ててマリアンナが息を吸い込んだ。そのまま咽《む》せ込み苦渋に満ちた顔を強引に自分の方に向け、レオナルドはキスの雨を降らせる。まだ咽せているマリアンナにとっては迷惑極まりないが、お構いなしだ。

クスクスと笑いながら、レオナルドはまるで愛しい愛玩物でも触るように、マリアンナの顔を撫で回す。

「マリアンナ、可愛い私の小鳥。私はお前のその屈しない眼を愛しているが」

咽せるマリアンナの唇に己のそれを寄せて、頬ずりをする。ようやく咳が治まり、ぜぃぜぃと呼吸をするその唇を、食べ尽くすように貪った。力の抜けたマリアンナはされるがままになっていたが、不意に鋭い痛みが下唇を刺す。

「いたっ！」

レオナルドを突き飛ばすように押し退け、痛む唇を自分の舌で舐めてみれば、鉄のような錆の味。レオナルドに噛み付かれたのだと、やっと脳が追いついた。

「お前がもし、本当に私から逃げたなら、どこまでも追いかけてこの手で殺してやろう。その細い首を縊《くび》って」

言うと同時に、ずん、と最奥を肉茎で貫かれた。

「ひぅうっ」

重い一突きのまま、膨れ上がった欲望の切っ先で、子宮の入り口をグリグリと抉られ、その鈍痛にマリアンナは啼いた。

「ぁあああ……ぅあん、あっ、ああっ」

レオナルドが大きく腰を引いた。膣内を圧迫していたものがずるりと引き出される感覚に、マリアンナの四肢がぞくぞくと戦慄く。肉茎は、完全に出て行く直前で止まり、再び穿たれた。

「んぁああっ」

肉と肉がぶつかり合う。粘り着いた淫らな水音が、それに重なる。

「あっ、あっ、ぃあん、は、あ、あ」

「は、……ああ、まだ二度目にしては随分と蕩けているな……。そんなにこれが気に入ったか？」

「やぁああっ」

子宮をずん、ずん、と穿たれ、重く痺れるようだった鈍痛は、いつの間にか別の感覚に代わっていた。熱く名状しがたいほど甘い……。

――これは、快楽？

突き上げられその熱が高まっていけば、脳の中に霞がかかっていく。

結合している部分から、泡立った蜜が溢れ出て、マリアンナの後孔まで伝っている。どろりとした感覚。まるでマリアンナとレオナルドが溶けて混じり合った液体のようだ。

「あ、ああ……だ、め……もぉっ」

白くなっていく視界の端で、チカチカと光が瞬き始める。

膨張した白は、マリアンナの全身の感覚を解放していく。その先にある愉悦に、期待で下腹部がきゅんと疼いた。蠕動する膣肉に、腰を振るレオナルドが呻いた。

「……くっ……」

滾る灼熱の欲望が、マリアンナの中でひときわ大きく膨れ上がった。

――弾ける！

真っ白になる視界に、マリアンナがガクガクと全身を引き攣らせて悲鳴を上げた。

「あ、あ、あ、あぁあああっ」

愉悦の果てに昇りつめ攣縮《れんしゅく》する膣道に、レオナルドが最後の一突きを重く放った。

「逃が、さない……誰にも渡さない！　お前は、私のものだ……!!」

唸るように叫びながら、レオナルドは深く、より深くと言わんばかりに、マリアンナの身体の奥に楔をめり込ませる。

「――っ、マリ、アンナっ……！」

呻くように呼ばれた自分の名を遠くに聞きながら、マリアンナはレオナルドの欲望の滾りが、自分の中で脈打つのを感じていた――。

第五章　戸惑う

翌日、自室でぼんやりと時間を過ごしていたマリアンナのところに、レオナルドがやって来た。

「行くぞ」

「――え？」

いきなりの台詞に、マリアンナがポカンとしていると、レオナルドは僅かに眉間に皺を寄せた。

「支度を……いや、そのままでいい。来い」

モスグリーンのデイドレス姿のマリアンナを上から下までザッと一瞥し、そのままくるりと踵を返して行ってしまうレオナルドに、マリアンナは慌てて声をかける。

「来いって、どこに……」

レオナルドはその問いを無視して部屋を出て行ってしまう。いつものごとくこちらを無視したその態度に腹が立ち、マリアンナはいっそこちらも無視して放っておこうかとも思う。

そもそも、昨夜の行為のおかげであらぬところが痛く、全身はギシギシと軋むようだった。外は良い天気だと言うのに、活発なマリアンナには珍しく、室内で大人しくしていたのもそのせいなのだ。

浮かしかけた腰を椅子に戻せば、いつの間にか傍にいた執事がそっと耳打ちをしてきた。

「奥さま、どうかお付き合いくださいませ。きっと良いことが待っておりますから……」

人の好さそうな執事の笑顔に逆らえず、マリアンナは苦笑いをしてしぶしぶ立ち上がる。どうにもこのお人好しそうな執事には弱くていけない。

先に階下に降りたらしいレオナルドを追うと、エントランスホールで苛立ったように仁王立ちしていた。

「遅い」

傍若無人な物言いに半ば呆れて口を開こうとすれば、レオナルドはそれすら待たずに外へ出て行ってしまった。

「何だっていうの！」

説明くらいしてくれればいいのに。とさすがに怒りながら後に続けば、そこには鞍を付けられた大きな黒馬がいた。

脇には馬手らしき男が馬の腹を撫でており、レオナルドと何か話をしている。その内にレオナルドも馬の鼻づらを挨拶するように撫でている。

どうやら出かけるつもりのようだ。

新妻らしく見送れ、ということだろうか？

わけが分からないものの、マリアンナはその様子を眺めた。

――羨ましい。

心に浮かぶのは羨望だった。

レオナルドはあんなにも自由に馬に乗ることができるのに、わたしは……。

自由に乗馬を許されたレイヴンズバーグでは、鬱々とした気分の時もサラマンダと遠乗りに出かければ、そんな気持ちは吹き飛んでしまったのに。

サラマンダはどうしただろう？　賢いあの子のことだから、きっと父の邸に自分から戻っただろうけれど、それでも心配だ。途中で狡賢い人間に捕まってしまっていないといいけれど。レオナルドにあの子をどうしたのか尋ねたいけれど、怖くて訊けない。サラマンダは気性が荒く扱い難い馬だから、万が一にでもレオナルドに迷惑をかけていて、『売った』とか『捨てた』とか答えられたら、とても立ち直れないだろうから。

そんな心配に心を飛ばしていたマリアンナは、レオナルドの呼ぶ声でハッと我に返った。

「マリアンナ！　何をしている。早く来い」

「――えっ？」

見れば、レオナルドがマリアンナに向かって手を差し伸べている。

キョトンとしていると、またレオナルドの眉間に皺が寄ったので、何故、と憮然としつつも足早に傍まで行った。

するといきなり腰を抱かれて持ち上げられて仰天する。

「きゃ……!」

気が付けば、馬の上に横乗りに座らされていた。

「……?」

呆気にとられていると、その隣にレオナルドがひらりと跨って、マリアンナの腰を抱き締めて自分の身体に密着させた。

「行くぞ」

レオナルドが手綱を取ってそう言い、馬を歩かせ始めた。

「いってらっしゃいませ、旦那さま、奥さま」

執事はニコニコとそう言って、わけが分からないままでいるマリアンナを見送ったのだった。

*

レオナルドが馬を停めたのは、湖畔だった。

レイヴンズバーグの森の湖よりも大きく、ひんやりとした空気に包まれたその湖は、けれどとても美しかった。気温が低いせいか、湖から出る霧がなんとも幻想的な光景を創り上げている。

「まぁ……！」

レオナルドの手を借りて馬から下りたマリアンナは、その幽玄な景色に感嘆の声を上げた。

「凄いわ……とても奇麗……！」

水をもっとよく見ようと駆け寄れば、レオナルドの制止がかかった。

「ここは温かいレイヴンズバーグの湖と違って、冷たい上に深い。落ちれば大惨事になるから、一人であまり水辺に近づくな」

言われてピタリと足を止め、マリアンナは湖の周囲の景色をぐるりと眺めてみた。

南に位置するレイヴンズバーグよりも北にあるウィンスノートは、北東に大きな山脈が聳《そび》えるため、気候が随分と異なるようだ。

湖の向こうに見える青白い山脈の上の方には、広範囲に白い霜降り模様が見える。雪があるのだろう。あの頂上は雪が消えることはないのだと聞いた覚えがある。

ウィンスノートの邸から結構な上り坂だったことを考えれば、ここは随分と高い場所なのかもしれない。吐き出す息が白い。

自覚すれば急に寒さを感じて、ブルリと身が震えた。

すると、不意にふわりと暖かな感触に包まれた。

驚いて目を上げれば、レオナルドが柔らかなブランケットをマリアンナに巻いている。上質な毛織物であるのは、肌にあたるすべらかさで分かった。

「着ていろ」

端的にそれだけ言うと、レオナルドはマリアンナの腰を抱いて歩き始めた。

お礼を言うべきなのに、マリアンナはただただ呆気にとられてしまい、そのタイミングを逃してしまった。

——レオナルドが、優しい？

レオナルドの行動の意図が測れず、マリアンナは戸惑った。

悶々とするマリアンナをよそに、レオナルドは湖の畔まで行くと歩みを止めた。

眼下に広がる深緑の水面に、マリアンナは息を呑む。

深い深いエメラルドのような緑。それなのに水は清らかで澄みきって、底の石の形までハッキリと見てとれる。

「なんて色なの……」

レイヴンズバーグの湖は、澄んでいるがこんな色ではない。周囲の木々の色を映すことはあっても、水そのものがこんな深い色合いではないからだ。

「気に入ったか」

問いかけられ、マリアンナは素直に頷いた。

「ええ、とても……。こんな美しい色の湖は、生まれて初めて見ました！」

今しがたの戸惑いも忘れて、感動のままに微笑んでそう言えば、レオナルドがふ、と破顔した。

「そうか」

その笑顔がいつもの嘲笑めいたものではなく、柔らかく優しいものだったから、マリアンナの心臓がドキリと音を立てた。

どうしてそんな優しい眼差しで見るの？

それに、どうしてここに連れて来たのだろう？

レオナルドは何をするでもなく、マリアンナが存分に景色を楽しめるよう、傍で見守っているかのように見える。

わたしのために、ここに連れて来てくれたのかしら……？

攫われるように領地に連れて来られて数日、マリアンナは邸から一歩も外に出ていなかった。それはレオナルドに貪られて身体が動かないせいもあったが、気がふさいで外に出たくなかったからでもある。

レオナルドは、そんなマリアンナの鬱々とした様子を気にしていたのだろうか？

それで、マリアンナの気分を少しでも晴らそうと……？

——そんな、バカな。

レオナルドは、マリアンナを蔑んでいたはずだ。虐めて楽しむためのオモチャであって、慈しむ対象ではないはず。

でも自分を見つめるレオナルドの黒尖晶石の瞳には、確かに温もりが存在していた。
──やめて！
心の中で、もう一人のマリアンナが叫ぶ。
そんな眼で見ないで！
彼はマリアンナにとって嫌悪と憎しみの対象でさえあればいいのだ。
他の感情など必要ない。まして、優しさにときめくだなんて──。
そこまで考えて、マリアンナはギョッとした。
ときめく？
そんなこと！
どうしてレオナルド相手に、心がときめくなんてあり得るのか。
自分の中の想いに混乱し、マリアンナはレオナルドと距離を取ろうと身を捩った。
「おい……！」
急に自分の腕から逃れたマリアンナに、レオナルドが怒ったように声を上げた。
その拍子に、水辺のぬかるんだ土に足を取られてしまう。
グラリ、と視界が大きく傾くのを、やたらゆっくりと感じたその直後──、
「マリアンナ!!」
レオナルドの怒声が鼓膜に響き、マリアンナは冷たい湖の中に落ちた。

＊

冷たい、苦しい――。

もがけばもがくほど、手足が重くなっていく。

あれほど美しかった水は、氷のように冷たく容赦なく、マリアンナの体温を奪っていく。

肺が酸素を求めて喘ぐのに、口に入ってくるのは凍えるような水ばかりだ。

萎えそうになる四肢を鞭打って水を掻いたその先が、上なのか下なのかも、もう分からない。

助けて。

だれか、たすけて――。

助けを求めて彷徨わせた手を、大きな手がしっかりと握った。

「大丈夫だ、マリアンナ。もう大丈夫」

低く柔らかな声がした。

宥めるように握られた手の温もりに、マリアンナはホッとする。

――だれ……？

それを確かめたいのに、身体はピクリとも動いてくれない。

「ここにいる。だから、安心してお眠り」

優しく宥めるように言われ、マリアンナの心のどこかが弛《ゆる》んだ。

それは、あの社交界で蔑まれ嘲笑を浴びたことで作られた、マリアンナの心の壁だ。

その中にあるのは、柔らかく優しい、何か。

握られた手の温もりが、懐かしい記憶を掠めた気がするけれど、朦朧とする頭がすぐにそれを霧散させてしまう。

――だれ……？

マリアンナはもう一度問う。

あなたは、だれ？

どこにいるの？

「ここにいるよ、私の小鳥」

酷く優しい声に安心して、マリアンナは再び眠りの底に引き摺りこまれていったのだった。

＊

「自分で食べられると言っています！」

「いいから口を開け」

ベッドの上で真っ赤な顔で訴えるマリアンナの抗議を、レオナルドが冷たい眼差しで一蹴する。

マリアンナが目覚めた日から、食事の度に交わされるやり取りである。

あの日、足を滑らせて湖に落ちたマリアンナは、レオナルドに助け出されたらしい。その後すぐに邸へと運ばれたが、初冬の湖の水に体温を奪われ、もともとレオナルドに貪られて体力を消耗していたマリアンナは、高熱を出して数日間寝込んでしまったのだ。

目を覚ました時、目の前にレオナルドの美しい寝顔があって、マリアンナは仰天した。

しかもその美しい顔はいつになく乱れ、濃い隈《くま》がハッキリと現れていたのだ。

自分が寝込んでいたという事実にも驚いたが、レオナルドのやつれ具合にも我が目を疑った。

傍に控えていたらしい執事が、

「奥さまがお倒れになってからずっと、付き添っておいでだったのですよ」

とコッソリと耳打ちをしてきたが、正直に言って最初は信じられなかった。

あのレオナルド・アダム・キンケイドが、自分の看病を？

だが自分のベッドに突っ伏して眠るその顔には、明らかに疲労の影があり、マリアンナは執事の言っていることが真実なのだと認めざるを得なかった。

そして熱が引いたというのに、マリアンナは未だベッドから出ることを許されず、こうしてレオナルドに手ずからものを食べさせられるという、恥ずかしい真似をさせられている。

今日のランチのメニューは、チキンスープで柔らかく煮たオートミールに、すりおろしたリンゴだ。この邸のシェフはとても腕が良く、こんな単純な料理なのに細やかな工夫がされていて、とても美味しい。

だがその美味しい料理も、こうして雛鳥よろしくレオナルドの手から食べさせられていては、食べた気がしない。

「熱もないし、もう自分でできると言っているでしょう！」

執事をはじめ、使用人たちの生温かい眼に耐え切れなくなって、マリアンナは癇癪を起こして叫んだ。

するとレオナルドはスプーンを差し出していた手を止め、ゆっくりとこちらを見てニヤリと笑う。

「ほう……？　もう大丈夫だと言うんだな？」

やけに嬉しそうなその声に、マリアンナはギクリと身を縮ませた。

これは何かを企んでいる時の声だ。

さんざん意地悪をされてきたマリアンナには、それが分かっていた。

レオナルドはカチャリとスプーンを盆に置き、執事に指示して下がらせる。

すると何故か執事だけでなく、その場にいた使用人がすべて部屋を出て行ってしまい、マリアンナは自分がしくじったことに気付いた。

慌ててベッドの上で後退さろうとするマリアンナに、レオナルドがのしりと覆い被さってくる。

緩やかなカーブを口に浮かべて、レオナルドが漆黒の瞳を甘く煌めかせた。

「では、夫の相手を務めて頂こうか、我が妻よ」

「ちょ、ちょっと待ってください！　わたしは、まだ……」

狼狽するマリアンナの言葉を遮るように、レオナルドがその唇を塞いだ。

「ん、んん――！」

レオナルドに唇を甘く吸われると、条件反射のように歯列を開いてしまうようになってしまった。それを喜ぶように喉を鳴らして、レオナルドの舌が優しくマリアンナの口内を味わう。

それは優しいキスだった。

宥めるような、労るような。

息苦しいこともなく、終始甘やかされるようにくすぐられ、舐められる。

それでいて身体の奥底にある快楽の琴線をかき鳴らすから、マリアンナの下腹部が蕩けるように熱くなっていく。

唇を外したレオナルドが、マリアンナの頬に手を当て、少し切なげに瞳を揺らした。

「――そんな顔をするな。我慢が利かなくなるだろう」

てっきりこのままいつものように貪られるのかと思っていたマリアンナは、小首を傾げてレオナルドを見た。

その表情に苦笑して、レオナルドはマリアンナを自分の膝に抱え上げる。

「病み上がりのお前に無理をさせるほど、私は鬼畜ではないよ」

そう言い、夜着姿のマリアンナをブランケットで包むと、赤毛にキスを落とした。

マリアンナは温かく広い胸の中に抱きこまれたまま、ぎゅっと目を閉じる。

身体にはレオナルドに点けられた快楽の熾火《おきび》が燻《くすぶ》っていた。

それが辛いからではなかった。

自分の中に咲いては消え、消えては咲く花火のような感情の乱舞に耐えていたからだ。

レオナルドは、何故こんなことをするのだろう？

蔑み、嘲っているはずのマリアンナに、何故こんなにも優しくしてみせるのだろう？

本当は、優しい人なのではないの？

あの冷酷な虐めは偽りで、今目の前に差し出されているこの優しい温もりこそが、レオナルドの本質なのだとしたら？

その疑問がマリアンナを苦しめるのは、マリアンナがそれを期待しているからだ。

——信じてはダメ！

叫ぶのは、マリアンナの防衛本能だ。

ええ、分かっている。

わたしは信じない。

それでいいの。もう、傷付きたくはないから。

そう思っているくせに、今自分を抱き締めているこの腕から逃れようとしないのは、どうしてなのか。
マリアンナは、その答えを出せずにいた。

第六章　葛藤

「奥さま、昼食の準備ができましたが、いかがなさいますか？」

呼びかけられて、マリアンナはハッとして顔を上げた。

数歩後ろで執事のジョージがにこにこして、マリアンナの返事を待っている。

「もうそんな時間？」

マリアンナは慌てて読んでいた本にしおりをして閉じた。読書に没頭するあまり、時間の経過を忘れていたようだ。

「ごめんなさいね。つい物語に入り込んでしまうの。わたしの悪い癖だわ」

使用人たちはマリアンナの昼食の時間に合わせて動いてくれているのに、その当人が遅れていては申し訳ない。そう思って謝れば、執事は驚いて首を振った。

「とんでもございません。奥さまのいいようになさってくださいませ。まだ読書がお済みでなければ、昼食は先でも一向に構いません」

「いいの。お腹が空いてるもの。読んでると、ついそれも忘れてしまうんだから、声をかけてくれてありがたいわ」

くすっと笑いながらそう言えば、執事が嬉しそうに目元を緩ませた。

「それはようございました。奥さまに読んで頂けて、この図書室の本たちも喜んでいるでしょう」

心から喜んでいるのが分かる物言いに、マリアンナは居心地が悪くなってしまう。

今マリアンナがいるこの図書室は、マリアンナのためにレオナルドが改装したのだと、使用人たちは嬉しそうに説明する。それだけではない。マリアンナが好きだという芍薬《しゃくやく》を庭園の至るところに植えさせたり、家具をマリアンナ好みのものに替えさせたり、とにかく大張り切りだったのだ、と一生懸命言い募る。

新妻に恋してやまない主と、懐こうとしない頑なな新妻。この構図にこの邸の者たちが心を痛め、何とかその仲を取り持とうとしているのが痛いほどに分かる。彼らが主《あるじ》夫妻に望む理想——慈しみ合う美しい夫婦愛——それを求められているのだと、彼らの行動の端々から分かるだけに、なんともいいようのない虚脱感を覚えてしまうのだ。

マリアンナとて、そういった夫婦になることを夢見ていた。父と母のように、互いを思いやり、尊重し合える夫婦に。

だがその相手が、レオナルドとなれば話は別だ。相手から『オモチャ』としか見られていないのに、尊重し合える余地などどこにあるというのか。

恐らくここの使用人たちは、尊敬する主人が三年前、いたいけなデビュタントに何をしたのか知らないのだろう。知っていれば、主人を見る目が変わるだろうし、更にはそのデビュタントが当の新妻マリアンナだと知れば、決してこんな真似はしやしないだろう。

時折マリアンナは、心から主人を敬う彼らに真実を暴露してしまおうかなどと意地悪いことを考えたりもする。だが、それでどうなるというのか。彼ら使用人は、主人がどういう人間であれ、仕え続けなければならない。主人が卑劣漢であるよりは、尊敬すべき人間である方が幸せだ。マリアンナの復讐に彼らを巻き込むのは道理に反している。

だからマリアンナは、何も言わずそっと目を伏せるだけだ。

そんな若き女主人を、ウィンスノート伯爵邸の執事は、物言いたげに見つめるのだった。

「レオナルド……伯爵は、いつお戻りになると？」

マリアンナが訊ねると、執事はちょっと困った顔をした。この執事もあの手紙の差し出し主を知っているからだろう。

「まだご連絡がありません」

「……そう」

マリアンナはできるだけ感情を見せないように気を使いながら、相槌《あいづち》を打った。

——あの愛人と、よろしくやっているというわけね。

だからどうということはない。

あの男がどこで誰と何をしていようが、マリアンナには関係がないのだから。

レオナルドは二日ほど前に、唐突に王都へ行くと言って、ウィンスノート領から去った。何やら王都から手紙が届いていて、それを開封して読んだと思ったら、いきなり出立の準備を始めたのだ。

レオナルドがここを去ると聞いて、マリアンナの胸に去来したのは、ただひたすらに、安堵だった。

これでレオナルドから解放されると思ったからだ。なにしろ、マリアンナが倒れた時には自制していたらしいレオナルドは体調が快復した途端、再び昼夜問わず求めるようになっていたのだ。

レオナルドはマリアンナの身体の隅々にまで、自分の指を、舌を、匂いを、そしてあの恐ろしい剛直の形を覚え込ませようとするかの如く、執拗にマリアンナを抱いた。

レオナルドの愛撫は巧みで、最初の貫通こそ酷い痛みを伴ったが、あとの行為には快楽しかなかった。

この男には屈したくない——そう歯を食いしばる自分の理性を、レオナルドの齎《もたら》す快楽は、軽々と凌駕してしまう。なす術もなく翻弄されてしまう自分が腹立たしく、情けなかった。

大嫌いなはずの男の腕で乱れ、痴態を晒す屈辱。

それを分かっていながら、レオナルドの手練手管に溺れてしまう、自分の身体の淫猥さが恨めしかった。

だからレオナルドが王都へ行くと知って、マリアンナは心の底から安堵したのだ。

これで、レオナルドに抱かれなくて済む。

自分の身体の浅ましさを晒さずに済む。

そう思えば自然と微笑みが浮かんでしまい、手紙を手にしばらくの不在を告げに来たレオナルドを怒らせる羽目になってしまったのだった。

『私が離れるのがそんなに嬉しいか、マリアンナ？』

ベッドに横たわったままのマリアンナに、いつもの如くのしかかりながら、レオナルドは魅惑的な声色で問いかけた。この男がわざとそんな声を出す時は、必ず怒っているのだと、これまでの経験から分かっていたマリアンナは、内心震え上がりながらも睨みつけた。

『それ以外に何があると？　わたしが好き好んでここにいるわけではないことは、あなただってご存知でしょうに！』

やり返されると分かっていて、つい憎まれ口で応酬してしまうのは、もはやこの男とのやりとりの中でいつの間にか染み付いた悪癖のようなものだ。

するとレオナルドは、にっこりとした笑みを見せた。

『――言っておくが、マリアンナ。私のいない間に逃げ出そうとなどしないことだ。逃げても私はお前を必ず見つけ出す。金だろうが権力だろうが、私の持てる力のすべてを使って、地の果てまでも追ってやる。そうして見つけ出したあかつきには……』

マリアンナは、息を呑んだ。

レオナルドの黒尖晶石の眼が、捕食者の鋭さを閃かせてマリアンナを射抜いた。そこには先ほどまでのからかうような笑みは欠片もなかった。

『お前を貪り尽くしてやる。その柔らかな肢体を弄り喰らって、二度と逃げる気など起こさないように』

本気だ。この男は、本気でわたしを喰らい尽くす気だ……！

マリアンナはそう確信した。

新緑の瞳に怯えを滲ませて眼を瞠るマリアンナに満足したのか、レオナルドはふと表情を緩めると、マリアンナの頬を手の甲で撫でた。

『可愛いマリアンナ。私が帰るまで、そうして大人しくしておいで』

その手の触れ方が、どうしようもなく優しくて、マリアンナは困惑する。

これではまるで……愛しいものに、触れているかのようだ。

――そんなバカな。

心に浮かんできてしまった愚にもつかない妄想を、マリアンナはせせら笑って一蹴した。

バカなことを考えてしまった。この男がしてきたことを忘れたの？

罪のない小娘を貶めていたぶって、世間の笑いものにして評判をがた落ちにするような男だ。こうしてわたしを抱くのだって、わたしを虐めたい願望の延長でしかない。

そう理性では分かっていながらも、レオナルドに抱かれていると、それが曖昧になってしまうのだ。丹念に溶かされ、グズグズになるまで身も心も解されて、マリアンナは分からなくなってしまう。

この男が欲しているのは、オモチャなのか、それとも——？

その指先に、皮膚に、粘膜に籠もるのは、恋着だと、そう勘違いしてしまうほど、レオナルドの抱き方は優しかった。

更に困るのは、マリアンナの中のある部分が、そう勘違いしたいと欲していることだ。

マリアンナとて、女だ。

愛されてもいないのに、オモチャ扱いされて身体を貪られるのは、辛い。

大嫌いな男に抱かれている。それでも、そこに愛があるなら——そう願ってしまう、愚かな自分が嫌だった。

これが肌と肌を重ねることで湧く情のようなものだけであったなら、マリアンナはこんなに苦悩はしなかった。

あの、湖に落ちた一件の後の献身的な看病——。あの時のレオナルドは本当に優しく、温かかった。まるでマリアンナを心底大事にしているかのような……。あんなふうに優しくしないでほしかった。あんなことをされたら、憎む心が解けてしまう。

感情がバラバラにされて、マリアンナの中に散乱している。

どれが正しくて、どれが間違っているのか、それを冷静に分析する余裕すら与えられず、途方に暮れていた。

そこに、このレオナルドの王都行きだ。安堵して、何が悪い。

マリアンナは唇を噛んで、未だ自分の頬を撫でている男から目を逸らした、その時――レオナルドの手にしていた封筒に書かれていた文字が見えて、心臓を一突きされた。

『あなたのエイローズより』

流麗で甘い筆記体で記された、その名。

エイローズ・ベアトリクス・ダグラス――クイーンズベリー侯爵未亡人。

レオナルドと一緒になって、マリアンナを貶めた、社交界の華。

レオナルドの、愛人。

――そういう、こと。

愛人からの手紙で、王都へ走る。その意味が分からない程、愚鈍ではない。

――嘘つき。

マリアンナは心の中で笑った。

『お前がどう思おうが勝手だが、レディ・エイローズと私はそういう関係ではない。あの女狐を妻になど、とんでもない』

レオナルドはそう言った。だが、何故あんな嘘をつく必要があったのか。

マリアンナはこうして地方の領地に閉じ込めて、世間には知られたくない、形だけの妻だ。体《てい》の良いオモチャ。いたぶるためだけの存在。

そのオモチャに、言い訳がましい嘘をついて何になるのか。

笑い出したくなるのを、マリアンナはグッと堪えた。

頬に触れるその指の優しさに、ぞっと怖気立ちながら、何とか我慢した。

そして、微笑んだ。

『――いってらっしゃいませ、あなた。お帰りをお待ちしております』

殊勝な言葉を吐き出しながら、マリアンナは誓った。

――逃げてやる。

あなたの帰りなど、待つものですか。

レオナルドはマリアンナの破顔と発言を、呆けたように凝視していたが、やがて唇の端を片方だけ上げた歪んだ笑みを作った。

『――なるほど、ね』

腹に一物ある物言いに、マリアンナは笑顔のまま問いかけた。

『なにか?』

自分の言動を不審に思われていると分かっていての態度だ。勿論、レオナルドとて引く様子はなかった。

『いや、行ってくるよ、愛しい私の小鳥』

言うや否や、マリアンナの唇を強引に奪うと、息もつかせぬキスを見舞う。

入り込んで翻弄する舌に目を白黒させながら、マリアンナの胸の内にふと違和感が生じた。

だが激しいキスに呼吸もできず、その違和感はどんどんと霞んで、やがて消えてしまった。

　レオナルドがようやく解放した時には、マリアンナは息も切れ切れだった。

『くれぐれも、イイ子にしておいで』

　厭味ったらしくそう言い置くと、レオナルドは旅立って行ったのだった。

＊

　昼食を済ませたマリアンナは、ゆったりと長椅子に座りながら、午後をどう過ごそうかとぼんやりと考えていた。

　読書に集中し過ぎていたせいか、少し頭が疲れている。

　――本当ならこういう時、サラマンダに乗って遠乗りに出れば、スッキリするのに。

　レオナルドは自分が不在の間、マリアンナが逃げ出さないよう、使用人たちに言い置いているらしい。マリアンナの行動は徹底的に見張られ、一人で外に出るそぶりを見せようものなら、邸中の使用人たちが飛んでくる有様だ。遠乗りなど、とんでもない。

　それに、レオナルドはマリアンナの乗馬を快く思っていない。男物の乗馬服を捨てろと命令してきたくらいだ。

　結局あの後、レオナルドはマリアンナのクローゼットを開け、ずらりと並ぶ乗馬服を見て顔を顰めた。その中でも最も目に付く場所にかけてあった、あの紳士のモーニングコートを取り出したので、マリアンナは血相を変えてそれを奪った。

『それはダメ!!』

意外なことに、レオナルドはそれを取り返そうとはせず、しばし沈黙して何かを考えているようだった。

『――それは、お前のものにしては大きいようだが』

取り上げられると思い、戦々恐々としていたマリアンナは、この時ばかりは目に涙を浮かべて懇願した。

『これは大切な方から貸して頂いたコートよ！　お願いだから、これだけは捨てないで』

そう言ってしまって、この男は自分を虐めるのが趣味なのだと思い出して絶望した。しかしレオナルドは『そうか』とだけ言って部屋を出て行ってしまったのだ。

おかしなことに、あれほど捨てろと怒っておきながら、それ以来乗馬服に関して一切触れてくることはなく、マリアンナのクローゼットには相変わらず男物の乗馬服がズラリと収納されたままだ。要するに、興味を失ったということなのだろうが、またいつ何時『捨てろ』と迫って来るかもしれず、できれば彼を刺激することは避けたかった。

なので、一人で乗馬をしたい、などとは、口が裂けても言えないでいるのだ。

だから、執事がマリアンナに言った台詞《せりふ》には、仰天させられてしまった。

「奥さま、良いお天気ですし、乗馬でもされてはいかがでしょう？」

「ええ!?」

マリアンナのあまりの驚きぶりに、執事の方が驚いているようだった。目をぱちくりとさせて、小首を傾げている。

「何かおかしなことを申しましたでしょうか……？」

「え、いいえ、だってわたしは、乗馬を禁止されているのでは……？　それに、外に出てはいけないようだし……」

ここに連れて来られてから、外出する時は必ずレオナルドが付いて来た。レオナルドが手を離せない時は、終わるまで待てと言われていた。乗馬も、常にレオナルドとの相乗りだった。だからてっきり逃げ出さないように見張られているのだとばかり思っていたのだ。

するると執事は驚いたように首を振った。

「いいえ、そんなことはございません！　勿論お一人での外出はなさらないようにとのお言付けですが、奥さまが乗馬をこよなく愛していらっしゃるのを、旦那さまはちゃんとお分かりになっておられます。奥さまのために、奥さまの大切にしていらした馬を、それは丁寧に扱うようにと、馬手に厳命されておいでですよ。奥さまのお乗りになる馬だから、と。乗馬を禁止だなんて、とんでもございません。ただ、乗馬の場合は、この邸の敷地内で、となってしまいますが……」

「――サラマンダが？　ここにいるの!?」

マリアンナが驚いて訊けば、執事はにっこりと微笑んで頷いた。

「本当に……？」

信じられない思いで、マリアンナは呟いた。

自分が大切にしていた馬、と言われて思い付くのは、あの仔しかいない。ここへ攫われて以来、どうなっただろうかと心配していたが、どうやらレオナルドは連れて来てくれていたらしい。あんなふうに最低な方法で攫っておきながら、サラマンダにまで気を配った？

わたしがあの仔を大切にしていると、知っていたから？

——どういうこと、なの……？

今までどれほど、レオナルドがマリアンナのために準備を整えてきたのかを使用人たちの口から聞かされようと、正直なところほとんど心を動かされなかった。それはマリアンナの知らぬところで行われていたし、更には本当にマリアンナのためなのか判断がつかないせいもあった。図書室もドレスも庭の花も、マリアンナ以外の女性のためのものだったと言われても納得できてしまうだろうから。むしろそちらの方が信憑性がある。

そもそも、レオナルドがどうやってマリアンナの好みを知ることができたのか、とそこから疑ってしまう。準備されたというそれらは、確かにマリアンナの好みど真ん中ではあったが、女性ならば誰でも好むものだと言ってしまえばそれまでだ。

だが、サラマンダはマリアンナにとってのみ、特別な馬だ。

では、使用人たちが言っていたことは、本当だったのだろうか？

あのレオナルド・アダム・キンケイドが、蔑み貶めてきたマリアンナのために、図書室を改装し、ドレスを誂え、庭に芍薬を植えた？　マリアンナが大切にしている馬を連れて来て、丁重に世話をさせていた？

——何の、ために？

どういうことなのだろう？　これではまるで、レオナルドはマリアンナに好かれたいかのようだ。

そんなはずはない。何故そんなことをする必要がある？　マリアンナはオモチャのはずだ。あの男にとって、壊すのが楽しいだけの、取り替えのきくオモチャでしかない。そのオモチャに、どうして好かれる必要がある？

分からない。分かりたくもない。

そう思うべきだ。レオナルド・アダム・キンケイドは、自分の評判と将来を壊滅させた張本人。あの男と自分が分かり合う余地など、あっていいはずがないのだと。

それなのに、マリアンナは知りたいと思ってしまっている。分かりたいと。

レオナルドが、もし——。

自分を、好きでいてくれるならば？

——ダメよ!!

金切り声で制止するのは、マリアンナの中の少女だ。

十六歳の傷付いた少女。

初恋を胸に、王都で彼と再び巡り合うことを夢見ていた、幼《いと》けない少女。その夢はおろか、夢を見ることそのものまでも奪われて、奪ったレオナルドを決して赦しはしない。

――ダメよ。あの男を信じてはダメ！　忘れてはいないでしょう？　あの屈辱を。あの悔しさを。

そうだ。その通りだ。

でも、それでも。

わたしに触れるあの指はいつだって甘く優しい。

粘膜を合わせて伝わる、その熱は切なげで、わたしを求めて泣いている。

それに、レオナルドが自分を呼ぶ時に沸き起こる、違和感のような、予感。

『私の愛しい小鳥』

思い出そうとすれば掻き消えてしまう、摑みどころのないその予感は、レオナルドを知りたいと、信じたいと告げていた。そうすれば、あの予感の正体が分かるのだと。

混乱する思考を振り払うように、マリアンナは執事に向き直った。

「サラマンダに会わせてちょうだい」

サラマンダに会いたい。あの仔に乗って駆け抜ければ、このモヤモヤとした胸の葛藤も吹き飛んでくれる気がした。

執事はマリアンナの切迫した様子に驚いているようだったが、すぐに表情を改めて「畏まりました」と一礼した。

「ですが、乗馬をされるのであれば、お召し物を着替えられた方が……」

言われてマリアンナは、自分が今着ているのが、真っ白なデイドレスであると気付いて苦笑した。

「そうね、着替えなきゃ。……わたしは乗馬をする時男物の服を着るのだけど、あなたたちはそれを……？」

新しい女主人のその奇癖について彼らがどう思っているのかが不意に気になって、マリアンナはおずおずと切り出した。

すると執事は何でもないことのようにサラリと頷いた。

「存じ上げております。旦那さまが以前よりそう仰っておられましたので。奥さまがいらっしゃったら、オーダーメイドで乗馬服をお作りになるつもりだとも」

「……でも、あの人、乗馬服を捨てろと言っていたわ」

思わずそう反論すれば、執事はおや、と眉毛を上げて、それから声を上げて笑った。

「ああ、申し訳ございません。ですが、旦那さまがあまりに子供っぽくていらして……」

そのまま口元を拳で押さえてフルフルと肩を震わせている。マリアンナが怪訝な顔をしていると、執事はようやく笑いを収めて咳払いをした。

「申し訳ございません。お気を悪くなさっておられなければいいのですが」

「そんなことはないけれど……」

だが戸惑っているのは確かだ。

使用人である執事が、自らの主たる伯爵を『子供っぽい』などと貶めるなど。

すると執事は苦笑して話し出した。

「私は元々、旦那さまのお父上でいらっしゃるグロスター公爵家で働いておりました。恐れ多くも公爵さまの近侍を務めておりましたが、ご子息たちがお生まれになってからは、ご子息たちの教育係兼近侍としてのお役目を賜りました」

懐かしげに語る執事に、マリアンナはあれっと思う。

『ご子息たち』？　確かグロスター公爵家は、子供はレオナルド一人のはずだ。非嫡出子がいるということだろうか？　だがこの貴族社会では、所謂婚外子である非嫡出子は、『子息』の頭数に入らない。

「レオナルドさまが伯爵位につかれたのを機に、こうしてウィンスノート邸の家令を務めさせて頂いております。ですから、旦那さまのことはお生まれになった時から存じ上げておりまして、それ故に、ついお小さかった頃を思い出してしまって……」

マリアンナの疑問に気付くことなく、執事は目を細めて昔を思い出しているようだった。

なるほど、とマリアンナは納得してしまった。この執事がやたらとレオナルドとの仲を取り持とうとするのは、こういう理由があったのだな、と。お坊ちゃまのお世話係のじいやは、未だにお坊ちゃまが心配でならないらしい。

レオナルドの破綻した性格は置いておいて、この人の善さそうな壮年の執事が可愛らしく思えてきて、マリアンナはクスッと笑った。

「伯爵は……旦那さまは、どういう子供だったの？」

執事の思い出話に付き合ってやりたくなりそう言えば、彼は分かりやすく喜んだ。

「それはもう、愛らしく利発なお子さま方でいらっしゃいました！　皆が黒と白金の天使のようだと言うほどに。ただし、お二人とも利発過ぎて、少々イタズラが行き過ぎるのが玉に瑕《きず》でございましたが」

またただ。執事は明らかに『二人の子息』を示唆している。さすがに疑問が大きくなり、マリアンナは訊ねた。

「あの、お二人って……レオナルドは一人っ子だと聞いていたのだけれど」

すると執事は眼を瞠って、ポン、と一つ手を打った。

「ああ！　奥さまはご存知なかったのですね。グロスター公爵さまには、お二人のご子息があったのです。ご長男のレイナートさま、ご次男のレオナルドさま。お二人は双子でいらっしゃいましたが、お身体の丈夫でなかったレイナートさまは、十歳から保養地で療養なさっておられ、その数年後に……」

「……まぁ」

マリアンナは手で口元を覆った。

そうだったのか。それで、現在レオナルドが長子とされているのだ。マリアンナは納得しつつも、意外な事実に心を痛めた。

レオナルドには死に別れた兄がいたのだ。

兄であるトリスタンと仲が良いマリアンナにとって、トリスタンが死んでしまうなんて、哀しくて考えたくもない。しかもマリアンナとは違い、レオナルドたちは生まれる前から一緒だった双子だ。さぞかし強い結びつきがあっただろう。教会での読み聞かせを聴きに来る双子の姉妹があったが、彼女たちはとても仲が良かった。言葉にしなくても、互いの考えていることが分かるのだと言っていた。きっとレオナルドも、双子の片割れを亡くしてさぞかし落ち込んだだろう。

——幼い頃に、そんな哀しい経験をしていただなんて……。

眉を顰めて沈痛な顔つきをした女主人に、執事は慌てて取り繕うように言った。

「もう何年も前のことでございますよ、奥さま。つまり私が申し上げたかったのは、旦那さまが奥さまの乗馬服を捨てろと仰ったのは、ご自分が買ってあげたものだけを着て欲しかったからなのだ、ということです」

「え⁉」

突然明かされた真相に、マリアンナの悲哀の同情は吹っ飛んでしまった。

「そ、そんなこと、あるわけがないわ！」

「いえいえ。幼い頃から旦那さまを見守ってまいりました、私が言うのだから確かです」

やたら自信満々に胸を張られ、マリアンナは否定する気力が萎えた。

恐らくこの執事は、あの意地の悪い人間ばかりの社交界で、レオナルドが如何に残酷であるかなど知らないのだろう。

「とは言え、奥さま用の乗馬服の採寸すら済んでいない状況でございますし、今日のところはひとまずご実家より届いたものをお召し頂くのが良いかと思いますので……」

執事は思案気にしながら、猫脚のテーブルの上にあったベルを鳴らしてメイドを呼んだ。間を置かず現れたメイドに「奥さまの乗馬服をお出ししなさい」と言いつける。よく躾けられたメイドは直ちに動き、クローゼットを開いてマリアンナに問いかける。

「奥さま、どちらの服になさいますか？　こちらのものがお気に召しておいでだったようですが……」

差し出されたのは、あの湖の紳士のモーニングコートだった。いつでも眺められるよう、クローゼットの一番手前にかけておいたのだ。

「あ、これは……」

マリアンナが言い淀んでいると、隣の執事がそのコートを見て「おや」と声を上げた。

「これは、旦那さまのモーニングではないですか。失くしたと仰っておられたのに、こんなところにあったとは」

マリアンナは、一瞬、頭が真っ白になった。

――な、に……？

執事は今、何と言った？

湖の紳士からもらったコートを見て、『旦那さまのモーニング』？

――嘘だ。

愕然とするマリアンナをよそに、執事はメイドの手からコートを受け取ると、その生地を触り、広げて形を確かめたり、裏地を確認したりしてニコニコしている。

「ああ、やはりそうだ。この生地、この裏地。旦那さまが三、四年ほど前に、王都の仕立屋に作らせた三つ揃いのコートです。どこかへお出かけになった折に失くされたと言っておられましたが、どうしてこんなところから出てきたのでしょう？」

首を捻っている執事に、マリアンナはがなり立てたくなった。

――違う。違う違うちがう！　そのコートが、レオナルドのものであるはずがない。

あの紳士が、レオナルドのはずがない！

そう叫びたいのに、叫べない。

何故なら、マリナンナはもう知っているから。レオナルドが不意に見せる、柔らかで優しい表情を。宝物のように労る、あたたかな手の温もりを。

あの予感がマリアンナの胸の中で、膨張し出していた。

あの予感――胸に居座っていた、摑み処のない違和感。

『私の可愛い小鳥』

レオナルドは、マリアンナにそう囁きかける。

低く甘く、どこか切なげな声色で。

その声を、マリアンナは聞いたことがあった。どうして忘れてしまっていたのか。

それとも、敢えて思い出さずにいたのだろうか。マリアンナにとってみれば、レオナルドを憎んだままでいられる方が、ずっと楽だったに違いないから。

『もう、裸で泳いではいけないよ、小鳥ちゃん』

そう、あの人は言ったのだ。

マリアンナを、『小鳥』と呼んだ。

――レオナルドが、あの人だったというの……？

レオナルドから逃げて、会いに行こうと思っていたその人。

憧れていた、よすがだった、初恋。

夢も将来もレオナルドに奪われて、唯一自分だけのものだと思っていた、その初恋すらも、レオナルドのものだったなんて……。

「うそ、よ……!!」

嘘だと思いたい。嘘であって欲しかった。

何故なら、その仮定を嫌悪する自分がいる反対側では、それを喜んでいる自分がいるからだ。

ホラ、やっぱり。あの人は、わたしを想ってくれている。

あの壊れ物に触れるかのような、優しい手は本物だった。

あの声に潜んだ切なさは、本物だった。

違う角度から見た真実は、きっと別物なのだ、と。

鬩《せめ》ぎ合う相反する感情に、マリアンナは頭を振った。

――イヤ……イヤだ！

混乱のままに部屋を飛び出せば、執事が驚いたような声を上げた。

「あ、奥さま⁉」

「遠乗りに行きます！」

言い捨ててマリアンナは階段を駆け下りた。

「奥さま、お一人で行かれてはなりません！　お待ちください！」

背後から狼狽した声がかかったが、無視して走った。

すべてから、逃れたかった。

レオナルドからも、あの紳士への想いからも。

そして混沌と化した、レオナルドへの自分の想いからも——。

＊

衝動のままに厩舎《きゅうしゃ》へと駆け込めば、本当にそこにサラマンダがいた。

相変わらず誇り高く首を掲げ、美しい肢体を誇示するように立っている。

「サラマンダ！」

ひと月程しか経っていないのに、酷く懐かしく思えてマリアンナは駆け寄った。賢いサラマンダはすぐにマリアンナだと気付き、嬉しそうに鼻づらを寄せて来た。その顔を撫でてやりながら、「会いたかったわ。ごめんなさいね、放っておいて」と話しかけていると、厩舎の入り口から素っ頓狂な声が上がった。

「お……奥さま!?」

マリアンナが振り返れば、背の高いがっちりとした体格の壮年の男が、飼い葉桶を片手に仰天した顔をしている。身なりからして、恐らく馬手だろう。

マリアンナはこっくりと頷いて微笑んだ。

「いつもこの仔のお世話をしてくれてありがとう」

「いえっ！　とんでもございません。旦那さまから、奥さま専用だからと言われて驚いたのですが、素晴らしい馬ですね。こんなキレイな馬、初めて見ました」

大切なサラマンダを手放しで褒められて、嬉しくないはずがない。マリアンナは頬を緩ませながら礼を言った。

「ふふ、ありがとう。それで、久し振りにこの仔に乗りたいのだけれど、鞍を付けてくださる?」

ぐずぐずしていれば執事に追いつかれてしまう。マリアンナを一人で外に出すなと言われているだろうから、遠乗りに誰か付けると言うに違いない。しかし今は一人になりたかった。

「――は、イヤ、構いませんが……奥さまは、その、その恰好でお乗りになるんで……?」

言われて初めて、マリアンナは自分がまだドレスのままだと気が付いた。着替えるつもりだった矢先に、あのコートが出て来たのだ。

「いいの。乗馬には慣れているから、このまま何とかなります。お願いします」

馬手はちょっと困った顔をしたが、マリアンナに『お願い』と言われて、しぶしぶ従ってくれた。

久し振りにサラマンダの上に跨れば、高くなった視界に神経が高揚するのが分かった。サラマンダもマリアンナを乗せていると分かっているようで、心なしか張り切るような気配が伝わってくる。
二、三度その場で足踏みをさせて常歩させた後、マリアンナはこちらを不安気に見上げる馬手に言った。
「それでは、行ってきます」

「えっ、敷地内を乗られるのでは……!?　奥さま、お待ちください、今……!!」

仰天する馬手に内心頭を下げながら、マリアンナはサラマンダにギャロップの指示を送る。サラマンダが嬉々として全身を撓らせた。

彼女が力強く地を蹴るリズムが、ダイレクトに身体を貫く。

頬と、髪をすり抜ける空気が心地いい。

視界の端に流れる景色、前方に観るのは、ほんの少し先の未来か。

時間の流れすら手玉に取った気分で、マリアンナは笑い出した。サラマンダと一緒になって全身の筋肉を躍動させながら、ケラケラと声を上げて笑った。

逃げたいと、そう思っていた。

だが、何から逃げたかったのか。

誰から逃げたかったのか。

逃がさない、と言っていたレオナルドの包囲は厳重ではなく、こんなにもあっさりと破ることができた。逃げ出そうと本気で思えば、もっと早くに逃げ出せたはずだ。

それなのに、マリアンナは逃げなかった。

こうして一人馬に乗り、どこへでも行ける状況下にありながら、それでも今、逃げようとは思っていない。

それは、何故か。

――わたしは、知りたいんだわ。

レオナルドの、真実を。

何故、マリアンナを執拗に虐めたのか。

何故、脅してまでマリアンナを妻にしたのか。

あの湖の紳士は、本当にレオナルドだったのか。

胸の中に、違和感が生じた。

マリアンナが見ている現実と、レオナルドがふとした時に表す様々な感情との間に。

信じたいのだ。恐らく、自分は。

けれどそれを怖がる、臆病で傷付いた自分もいる。

レオナルドを、信じるか、信じないか——それはこの先、レオナルドの妻として生きていく上で、避けては通れないものなのだろう。

答えを出せずに呻き声を上げたくなった時、浮かんだのは、あの金の瞳だった。

『マリアンナ。困ったことがあれば、必ず私を呼んでください』

別れの時、そう告げた美貌の神父。

——そうだわ、教会……。

教会で、告解をしよう。

この迷いを、この想いを、誰かに聴いてもらいたい。

自分の想いが混沌と化しているマリアンナには、ここを脱却する術がもうなかった。誰かに話すことで、何かが変わるならば。

マリアンナは、サラマンダの手綱を引いて、方向を転じた。

——教会へ。

＊

ウィンスノート領の教会は、街から少し外れた丘の上にあった。

レイヴンズバーグのそれよりも、少し大きなその白い建物の前でサラマンダから降り、脇の厩舎に繋いだ。

扉を開けて中に入れば、高い天井付近にあるステンドグラスの窓から、色とりどりの光が降りそそいでいた。全体的に薄暗い館内の空気は、外気温よりも随分低く、ひんやりとしていた。

人気のない祭壇の前に立ち、作法通り膝を折って祈りをささげた後、マリアンナは祭壇の左裏にある告解室の扉を開いた。小さな箱のような部屋には木でできたテーブルと椅子が置いてあり、その上を濃い紫色の布で半分に両断されていて、向かいに座る相手の顔が見えなくなっている。今向こう側は無人のようだった。

告解をするのは初めてだったので、取り敢えずこの部屋に入ってみたが、話を聞いてくれる神父がいつどうやって現れるかが分からない。

マリアンナは戸惑いながらも椅子に座ってみた。話を聴いてもらいたいとここに来たけれど、何から話せばいいのだろうか。混乱する自分の感情を、うまく伝えられるだろうか。

そもそも、人に話すと言う選択は間違っていないのだろうか。

そんなことをとりとめもなく考えていると、ギッと音がして向こう側に人が座ったのが分かった。

――神父さまだわ。

マリアンナは一気に緊張して身体を強張らせたが、穏やかな声がかかって力が抜けた。

「聖アトロイオスの御名によりて」

涼やかなその声は高くも低くもない、性別を感じさせない水のような心地がした。

マリアンナは形式通り、続く言葉を紡いだ。

「かくも善にて在し我を愛し給う神、我もまた万事に越えて愛さんと努める我が神の御前にて」

それは教会での読み聞かせの際にも唱える一文でもあったため、スラスラと言うことができた。紫の布の向こうにいる人は、それに満足したのか、ふ、と微笑んだのが気配で分かった。

「改心を呼びかけておられる神の声に心を開き、神の慈しみを信頼してあなたの罪を告白してください」

そう告げられ、マリアンナは話し始めた。

「あの……罪を告白、というのとは、ちょっと違うんです」

たどたどしい始まりに、けれど神父は柔らかく応じてくれた。

「と言うと？」

「つまり……自分の気持ちが、分からなくなってしまって。わたしを厭《いと》い蔑んできた人が、ある日突然わたしを脅して……傍にいるように無理強いしてきました。何故そんなことをするのか、まったく分かりませんでしたが、わたしは従いました」

神父は黙ったまま聴いている。マリアンナは頭の中を整理しながら、ゆっくりと話を続けた。

「そうして傍にいる内に、これまでとは違った部分を見るようなって、今まで自分が見てきたその人の像が、ブレ始めてしまったんです。その人を、赦せない、大嫌いだと思う自分も勿論います。でも、今見ているものを信じたいと思う自分もいて……。でも、怖いんです。また裏切られたらと思うと……」

そこまでで、マリアンナの言葉は止まってしまった。

何故なら、テーブルの上に置いていたマリアンナの手を、布の向こうから伸びてきた手が握ったからだ。ギョッとするマリアンナに追い打ちをかけるように、声が言った。

「ああ、マリアンナ！　可哀想に!!」

マリアンナは手を振り払い、ガタリと椅子を倒して立ち上がった。

顔の見えない相手に手を握られ、名を呼ばれたのだ。動転して当たり前だ。

恐怖のあまり告解室を飛び出したところ、同じように告解室を出たであろう人物と鉢合わせして、マリアンナは度肝を抜かれた。

「レイ神父……!!」

そこには、白い法衣を身に纏い、天使のような絶世の美貌に微笑みを浮かべた、レイ神父が立っていた──。

第七章　真実

「な……何故、ここに……！」

驚愕のあまりかすれた声しか出なかった。レイ神父は金色の瞳を悪戯っぽく煌めかせて小首を傾げる。

「言ったでしょう？　困ったことがあれば、私を呼んで、と。だから私は来たんです。あなたの傍に、マリアンナ」

だからといって、そんなことが現実に可能なはずがない。

「で、でも……」

「ああ、そんなことより、マリアンナ。あなたはすっかり騙されてしまっている」

「……え……？」

レイ神父は悲痛に眉根を寄せ、マリアンナの手を取った。

「ウィンスノート伯爵……レオナルド・アダム・キンケイドは、私の双子の弟です」

「――え？」

あまりと言えばあまりの発言に、マリアンナは口をパクパクとさせた。先ほど執事から、レオナルドに双子の兄がいたという話を聞いたばかりなだけに、それがレイ神父だったという事実に驚きを隠せなかった。

「でも、だって、双子のお兄さまは、小さい頃に亡くなったって……」

するとレイ神父は唇を皮肉っぽく歪めた。

「ええ、世間にはそう伝えていますね。グロスター公爵の長男であったレイナート・アレクサンダー・キンケイドは死にました。でも実際にはこうして生きていて、レイ・デヴォンとして聖職者などをやっている」

そう吐き捨てるように言った神父の眼に、言い切れない悔しさを垣間見て、マリアンナは息を呑んだ。神父の言葉が正しければ、グロスター公爵は何らかの理由があって、自分の息子を捨てたのではないか。そんな哀しいことが、本当にあるのだろうか？

「な、何があったのですか……？」

恐る恐る訊ねたマリアンナに、レイ神父は片手で自分の髪を摑み、もう片方の手で自分の瞳を指した。

「この髪と瞳の色。これを見て、あなたは何かを連想しませんか？」

「え――」

レイ神父の、月の光のような白金の髪と、輝く太陽のような金色の瞳――それは珍しい組み合わせだ。片方が現れることは多いが、両方とも現れている人を、マリアンナはレイ神父以外に見たことがない。

そしてそれは——この国の主神、太陽と月の神アトロイオスと同じ色だ。

「アトロイオス……？」

「その通り。私たちが産まれる前日、教会の巫女が神託を下したそうです。『もうすぐグロスター公爵家にアトロイオスの化身が生まれる』と。そうして産まれた双子の私たちを見て、教会は私をその化身だとした。この髪と眼の色のせいで。黒髪と黒い瞳のレオナルドには見向きもせずに、ね」

『アトロイオスの化身』——それは、次期教皇となる身の人物ということだ。

今の話が真実ならば、この人は父と兄が話題にしていた、あの次期教皇なのだ。

マリアンナは、もう驚きを通り越して、何だか物語の内容を聞いている気分になってしまっていた。

「私は十二で親元から離され、教会で神の化身として扱われました。父である公爵が政治に影響力を持ち過ぎていたため、宗教にまでその権力が拡大してしまうと恐れた国王が、私と公爵家の関係を断絶させたので、療養先の保養地で病にかかって死んだ、ということになっているんです」

明るいはずの金の瞳が、昏《くら》く陰った。

——ああ、この人は孤独を抱えて生きて来たのだ。

マリアンナは、レイ神父の新たな一面を見て、胸が痛んだ。

グロスター公爵にも葛藤はあっただろう。実の息子を手放すことになるのだから。けれど、国王と教会という大きな権力を前に、首を縦に振らずにはいられなかったのだろう。

だが、当のレイ神父にとってはそうではなかったに違いない。たった十二歳。思春期にさしかかったばかりの少年が、親兄弟から引き離され、教会という冷厳な世界に身を置かれるのだ。さぞかし心細かっただろう。何故、どうして自分だけが——そう疑問を抱いて当たり前だ。

「レイ神父……」

マリアンナが慰めるようにその肩に触れれば、レイ神父はその手を上から握り締め、苦笑するようにはにかんだ。

「ありがとうございます、マリアンナ……あなたは本当に、昔から変わらない。無垢で、純粋で、キレイなままのあなただ……」

その大袈裟な言い方に、今度はマリアンナの方が苦笑してしまった。

だがレイ神父は真面目な顔のまま、摑んだマリアンナの手を目の前に持って来て、両手で握り直した。同じ人とは思えない程美しい顔に凝視され、マリアンナが狼狽していると、レイ神父が言った。

「まだ、思い出しませんか？　私を」

「え？」

思い出す、とは一体どういうことだろうか、と考えて、そう言えば以前、神父に『昔会ったことがある』と言われていたのを思い出した。

「あなたのお兄さんは、一目で私に気付いたのに」

――トリスタン？

どうしてここで、トリスタンが出て来たのだろう？　そもそも、レイ神父とトリスタンは会ったことがあっただろうか？　レイ神父がレイヴンズバーグに赴任してきたのは一年程前、その間トリスタンが帰ってきたと言ったら数えるほどだ。それに、何か変わったことが起きたなら、あのトリスタンがマリアンナに教えてくれないはずがない。

そこまで考えて、ハッとした。

変わったこと――あったではないか！　トリスタンが血相を変えて帰って来て、更には憔悴した挙句『失恋した』と……。

「……え？　ま、まさか……」

マリアンナは信じられない気持ちで、目の前の美貌の男性を見た。

トリスタンの初恋の、儚げで美しい少女。あの少女の髪は、確か陽に透けてしまいそうな白金で……、目の色は……。

「あ、あの、美少女が……あなた、だったのですか……？」

するとレイ神父は大輪の薔薇が綻ぶような笑みを見せた。

「ようやく、思い出してくれましたね……」

「……うそ、でしょう……」

　自分で謎を解いておいて愕然とするマリアンナを、レイ神父は心底嬉しそうに抱擁した。抱き締められると、以前と同じ花の香りがした。何だか懐かしい香りだ、とこんな時なのに間抜けにも思った。

「あなたは私の初恋なのです、マリアンナ。『神の化身』である私を、人々は遠巻きにするだけだった。そんな私に、初めて手を差し伸べてくれたのが、あなただったんです」

「そ……そうだったのですか……」

　トリスタンの『失恋』にはこういう経緯があったのか。それならば、あの憔悴ぶりには納得がいく。

　話の本筋とは関係ないことに納得をして、動揺を少しでも治めようと尽力していると、レイ神父が抱擁を解いた。

「私たち兄弟の確執に、あなたを巻き込んでしまいました、マリアンナ」

「え？」

　言われていることが理解できず、マリアンナは聞き返した。レイ神父は酷く真剣な表情でこちらを見つめている。

「私たちは、あまり仲の良い兄弟ではない。双子だったことは、我々にはあまり良いことではなかった。レオナルドは、私に対して反発心を抱いています。私は幼い頃身体が弱く、また『神の化身』とされたせいで周囲が過保護になってしまって……それが気に食わなかったのでしょうね。私の大事にしているものを取って破壊するのが習慣になってしまっているのです。あなたは弟のその迷惑な反発心の犠牲になってしまったのです、マリアンナ。弟は私が思い出の初恋の少女を大切にしていると知り、私に対する嫌がらせのためだけに、あなたを奪ったのですよ」

「……え？」

それは、マリアンナの全身を貫くような衝撃だった。

マリアンナは、これまで何度も思った。

——何故、わたしだったの？

レオナルドが自分に固執した理由。それが、レイナートへの当て付けだった——。

なんて分かりやすく、納得できてしまえる理由なんだろう。マリアンナを虐め、弄んでいたぶった、あの男ならば、まさに合点がいく。

呆然とするマリアンナに、レイ神父は痛ましげな眼差しを向け、その赤毛をそっと撫でた。

「私のところにおいでなさい、マリアンナ。私の侍女として教会に潜り込めば、もうレオナルドの手は届かない。どうか私に、あなたを救わせてください……」

そうかもしれない。

レイ神父の発言からいけば、マリアンナは差し伸べられたこの手を取るのが、一番良いのだろう。

——だけど。

以前のマリアンナなら、迷いなくレイ神父の手を取っただろう。

けれど、マリアンナはもう知ってしまった。

あの、違和感を。

レオナルドが垣間見せる、あの乞うような切なさを。

『私の小鳥』——そう呼ぶ、声の甘さを。優しさを。

マリアンナは、そっとレイ神父の胸を押して、その抱擁から逃れた。

「マリアンナ？」

問いかけるレイ神父の声は、少し硬かった。

拒むマリアンナを、理解できないと思っているのかもしれない。

——それでも。

マリアンナは顔を上げた。

「ありがとうございます、レイ神父。ですが、わたしは確かめたいのです。この眼で、この耳で。レオナルドにとっての、真実を」

そして見極めるのだ。

自分の想いを。

レオナルドの真実が、マリアンナの違和感が主張するようなものであれば、レオナルドがあの紳士だったのだと認めよう。

そしてそうでなければ、今度こそ、逃げよう。逃げた先には絶望しかなくとも。

きっぱりと言い切ったマリアンナに、レイ神父は困ったように顔を顰めた。

「それで、傷付くことになっても？」

「はい」

傷付けられる覚悟は、もうできた。毒を食らわば皿まで、だ。

立ち直れなくてもいい。このまま、蹲《うずくま》っているよりは。

――待っていなさい、レオナルド・アダム・キンケイド！

あなたの真実を、暴いてみせる。

＊

レイ神父との密会の後、ウィンスノート邸に帰れば、邸は上を下への大騒ぎになっていた。どうやらマリアンナが逃げ出したのだと、邸中の人を使ってマリアンナ捜索に向かわせていたらしい。そこへ捜索されている当の本人がのほほんとした顔で帰ったものだから、さしもの執事も額に青筋を立てていた。

「奥さま！　心配しておりました」

怒りと安堵がない交ぜになったなんとも言えない表情で叫ばれ、マリアンナは申し訳なさに素直に謝った。小言を言いながらも、涙ながらにマリアンナの無事を喜ぶ執事の様子に、逃がさないよう厳命されていたとはいえ、マリアンナの身を心配してくれていたのは真実だと思えたから。

「すぐに用意をしてちょうだい、ジョージ。王都へ行きます。逃げるのが心配ならば、伴の者を付けてくれて構わないわ」

驚く執事に、マリアンナは静かに言った。

「王都――ランドールへ、行くわ。あの人……レオナルドに、会いに」

実に三年ぶりに、あの魔の地へ。

泣きながら逃げ出したあの都へ、今度はあなたを暴きに行く。

階段へ向かう途中、壁にかけられた大きな鏡の前で立ち止まる。覗き込んだ中の自分は、もう怯えて縮こまる憐れな小娘ではなかった。

決然と前を向いた、大人の女の顔だった。

＊

ランドールへの道程は、思いの外早く過ぎた。逸る気持ちが御者に伝わったのだろうか。馬車で二日半はかかるところを、二日目の早朝には着いてしまった。

ウィンスノート伯爵のタウン・ハウスは当然ながら一等地にある瀟洒《しょうしゃ》な建物で、その扉を内側から開いてくれたのは、タウン・ハウスの執事だった。

まだ壮年にさしかかったばかりに見えるその執事は、マリアンナの姿を見て仰天した。

「こ、これは、奥さま、でいらっしゃいますか……!?」

まだこの邸では紹介されてもいないのに、よく分かったものだと感心したけれど、馬車がウィンスノート家の紋章を掲げていて、それ相応の身なりの女性とくれば、おのずと察しが付くのだろう。

「ええ、マリアンナです。中に入れてくださる?」

「は、は……! 勿論でございます……が、今旦那さまはお休みになっておられまして……!」

妙に狼狽した様子の執事を怪訝に思いながら、マリアンナは鷹揚に頷いた。

「随分早く着いてしまったもの。起こしたりはしませんから、安心なさい」

女主人然とした態度を貫けば、執事は気圧されたようにマリアンナを通した。

玄関に迎え入れつつ、他の使用人たちに何やら目配せをしている様子に、マリアンナは不快感を覚えた。確かにこんな早い時間にマリアンナが着くのは予定外だったろうが、何かを隠すようなその態度には、さすがに頭にくる。だが新しい女主人という存在が、その邸の使用人たちにとって最初は煙たいものだというのは理解しているつもりだ。だから敢えて何も言わずにいた。

だが、次の瞬間、その本当の意図を知る羽目になった。

「ちょっと、ベルをならしたのに、どうして誰も来ないの? まったく。レオナルドが起きないから帰るけれど……」

まるで女主人のような口ぶりで、吹き抜けになっている二階の手摺りから身を乗り出して叫んでいるのは。

――レディ・エイローズ……！

その豊満な身体に真っ赤なドレスを纏い、クイーンズベリー侯爵未亡人――エイローズは、髪をかき上げた。

「何故誰も返事をしないの？」

不機嫌そうに階下を眺め、ようやく、青ざめて凍り付くマリアンナの姿を見つけたようだった。一瞬目を見開いて驚きの表情をしたものの、すぐさま意地の悪い笑みがその顔を覆う。

「あら！　これはこれは！　ウィンスノート伯爵夫人ではないの！　ごきげんよう！」

嘲笑うような物言いは、昔と何ら変わらない。マリアンナは両脇に下ろした手をぎゅっと握った。

「……ごきげんよう、クイーンズベリー侯爵未亡人」

絞り出した声は、震えずに済んだ。マリアンナは内心安堵していた。弱みを見せたくなかった。絶対に。

エイローズはそんなマリアンナの勝ち気な視線に、ますます笑みを深める。まるで舌舐めずりする猫のようだ、とマリアンナは思った。

「ごめんなさいねぇ？　レオナルドったら、ちょっと疲れが出てしまったみたい。ホラ、昨夜はちょっと激しかったから……」

情事を匂わすエイローズの毒矢に、マリアンナは微笑みで対抗した。心は、痛みに涙を流していたけれど。

「そうですわね。わたしはお邪魔だったみたい……あなたの方から、伝えておいてくださるかしら？　離婚の手続きを進めておいてください、と」

言うや否や、身を翻して玄関を駆け抜けた。

「奥さま！」

呼び止める声がして、玄関を出たところで腕を摑まれた。

「放して！」

「ご無礼を申し訳ございません！　ですが、これだけは知っておいて頂きたく……。クイーンズベリー侯爵未亡人は、先ほどいらしたばかりです。決して一緒に夜を過ごされたわけでは……！」

まったく、レオナルドの使用人たちはどれだけ主人に忠誠が篤《あっ》いのだろう？　マリアンナはせせら笑いながら言った。

「それは、今夜は、というだけでしょう？　侯爵未亡人がこの邸に来るのは、今回が初めてではない感じだったもの」

「そ、それは……」

マリアンナの糾弾に、執事が怯んだ。

あれほど我が物顔で他人の邸の使用人を顎で使えるのだ。頻繁に出入りしていなければできない。

つまり、レオナルドは王都でエイローズと情事に耽《ふけ》っていたということなのだろう。そして恐らく、間抜けにも結婚までして純潔を散らしてしまった、愚かな田舎娘を寝物語に語って、笑っていたのだろう。

――ああ、やはりこうなってしまった……！

これが、レオナルドの真実。マリアンナを愚弄《ぐろう》し、オモチャにして壊す、そんな最悪の男。あの垣間見せる優しさも、真摯な眼も、すべてマリアンナを惑わして籠絡するための紛い物だったのだ。信じさせてから絶望へと突き落とす、その方が、マリアンナにとって打撃が大きいと分かっているから。

マリアンナは執事の手が離れた隙に、再び駆け出した。執事は追って来なかった。

もういい。逃げよう。逃げて、修道女にでもなろう。

ずっと心のよすがだった初恋すら、もう粉々に砕け散ってしまった。

走りながら、マリアンナは視界がぼやけるのが無性に腹が立った。

覚悟をしていたつもりだった。だから、こんなふうに泣くのは間違っている。

――泣くな！　泣いてはダメ!!

そう念じるのに、涙は後から後から湧いて出てくる。門の外に辿り着いた時には、もう前がまともに見えない程で、マリアンナは声を上げて泣いた。

「う、うぅ……ぅあああ、ぁああ……！」

みっともなく泣き崩れる瞬間、マリアンナを支える腕があった。

「私の言った通りでしょう。あなたが傷付く前に助けたかったのに」

低くも高くもない、不思議な声。マリアンナは鼻を啜りながら、目を上げた。

そこには、優しく微笑むレイ神父の姿があった。

神父は涙に塗れたマリアンナの目元を、指先でそっと拭った。

「可哀想に、マリアンナ。こんなに目を腫らして……おいでなさい。迎えに来ましたよ」

その柔らかな物言いは、まるで呪文のようだった。

マリアンナは涙でぼんやりとした思考で、差し出される手のままに、神父の馬車に乗り込んだのだった。

第八章　囚われる

神父の馬車は四頭立ての立派なもので、車輪が大きいのかクッションが良いのか、振動が驚くほど少ない。結構な速度で走っている気がするのだが、カーテンが閉められていて、外の景色を見ることができないので確信はない。

——どこへ、向かっているんだろう？

ぼんやりとそう思いながら、それでも手を伸ばして窓のカーテンを引こうと思わないのは、全身が気怠く、動かすのが億劫だからだ。

レオナルドはやはり自分を裏切っていた。

その事実はマリアンナを打ちのめしたが、泣いて泣いて、涙を涸らしてしまった今、胸の内の荒れ狂う激情は静かに凪ぎ始めていた。

思えば、マリアンナはレオナルドに会ってすらいなかった。クイーンズベリー侯爵未亡人の姿を見つけて、嫉妬に目が眩んで飛び出してきてしまったのだから。

——嫉妬。

すんなりと自分の中に出てきたその言葉に、マリアンナは驚いた。

——そうか、わたしは、嫉妬したんだわ。

愚弄され貶められ、無理矢理結婚に追い込まれ、操を奪われた。

この世で一番大嫌いな男だったのに、垣間見える不器用な優しさや温かさに、いつの間にか少しずつ心が解されていって。

ずっと心の拠《よ》りどころだった、初恋すらもレオナルドのもので——。

——いつの間にか、こんなにも好きになってしまっていたんだ……。

認めてしまうと、不思議なことに苦しかった胸のつかえが取れてしまった。

——わたしは、レオナルドが好き……。

逃げようと思っていた。そう思わなくては、自分が可哀想だったから。逃げることで、傷付いてきた少女の自分を癒してやれると思っていた。

でも、それはもうできないだろう。レオナルドから逃げたところで、自分のこの恋心からは逃げられないから。

逃げた先でも、きっとレオナルドを想って泣き暮らすことになるのであれば。

マリアンナは、ぎゅっと目を閉じた。

——もう、逃げない。

立ち向かおう。

愛人なんか、蹴散らしてみせる。レオナルドがどういうつもりで結婚したのかは分からないが、マリアンナは彼の妻だ。クイーンズベリー侯爵未亡人に立ち向かう、正当な理由がある。

そして何より、レオナルド自身に。

彼が本当にあの初恋の紳士だったとすれば……いや、マリアンナはもう信じている。あの優しい紳士が、レオナルドだったのだと。

意地悪なレオナルドの内側には、あの優しい紳士が必ずいるのだ。今までだって、ずっとその気配を垣間見てきた。

たとえレオナルドがマリアンナをオモチャとしか思っていなくても、変えてみせる。好きにさせてみせる。

「馬車を停めてください」

唐突に言ったマリアンナに、向かいに座っていたレイ神父が一瞬の沈黙の後、静かに言った。

「今、何と仰ったのですか？」

「すみません、レイ神父。馬車を停めてください。わたしは、戻ります」

マリアンナは閉じていた瞼を開いて、レイ神父をまっすぐに見た。

レイ神父は寛いでいたのか、ゆったりと背もたれに寄りかかったままの姿勢で、金色の瞳を見開いていた。

「戻る？　まさか、レオナルドのところへ？」

「はい」

キッパリと頷けば、レイ神父はあからさまに眉を顰めた。

「――いけません」

それは予想通りの答えだったので、マリアンナは苦く笑った。

「分かっています。馬鹿なことをするなと仰りたいのですよね？　でも、わたしはもう逃げるのはやめることにしたのです。立ち向かわなければ得られないものなのであれば、わたしは立ち向かいます」

「それは……自由、を得るために？」

思いがけない質問に、マリアンナは少し沈黙した。

自由。そう、自由が欲しいと思っていた。でも、今は違う。

「いいえ。わたしが欲しいのは、自由ではなく、レオナルドです。だから、逃げるのはやめたんです」

――ああ、本当に、わたしは馬鹿だわ！

マリアンナは自分に呆れながら笑った。

完全に、逃げそこねてしまった。

レオナルドはずっとマリアンナを縛ってきた。

虐めることで、マリアンナの心に影を落とし、ずっと忘れられない憎むべき相手として。

そして再会してからは、結婚を強要して、文字通り身も心も逃げ出せないよう閉じ込めて、雁字搦《がんじがら》めにすることで。

そこから逃げ出したいとあんなにも必死で思っていたというのに、結局は心ごと捕らわれてしまっただなんて！

——でも、今度はわたしがあなたを縛る番。

レオナルドに縛り付けられたのと同じくらいの強さで、レオナルドを捕らえるのだ。

そう思うと、萎えていた四肢に力が漲《みなぎ》ってくるようだった。内側からふつふつと込み上げる力に、思わず微笑みを漏らせば、レイ神父の呻き声が聞こえた。

「——許しません」

「え？」

何と言われたのか分からなくて、マリアンナは聞き返した。

するとレイ神父はその美しい顔を歪めて、こちらを凝視していた。

麗しい笑みを浮かべているのに、その目だけが異様に炯々と底光りしていて、マリアンナは息を呑んだ。

「あなたがレオナルドを選ぶなんて、そんなことは絶対に許しませんよ、マリアンナ……」

「……レ、レイ神父……？」

「あなたは最初から私のものなのです、マリアンナ。横から手を伸ばしてきた卑しいあの弟になど、決して渡しません」

言うや否や、レイ神父はマリアンナを引き寄せて、その唇を奪った。

「ん、ぅん……！」

身構える暇のなかったマリアンナの歯列を割って、レイ神父の舌が侵入する。

「や……！」

顔を振って逃れようとするも、レイ神父の手が項を押さえていてままならない。

そのまま口内を蹂躙されるようなキスをされ、マリアンナは眦に涙を浮かべた。

――イヤ！　イヤだ……！

レオナルドとのキスには感じなくなっていた嫌悪感を、レイ神父のそれには肌が粟立つほど感じた。

やがてキスを終え、その薄い唇を唾液で濡らしたまま、レイ神父は笑う。

「そうでしょう？　最初にあなたを見つけたのは、この私だった。それをあいつが横取りしようとちょっかいを出してきただけだ。あなたに声をかけるだけでも腹立たしいのに、あろうことかあなたを妻にするなど……！　次期教皇というこの身分のせいで身動きが取れず今までは見逃しましたが、これ以上は許すつもりはありません」

初めてレイ神父が見せた自分への執着に、マリアンナは血の気が引くのを感じた。

彼は聖職者だから、自分に対してそういった感情を抱くはずがないと、安心していたのかもしれない。

そう気付いてしまえば、それまで目が眩んで見えなくなっていたことが見え始める。

——何故、レイ神父は都合良くあの場所にいたの？

レイ神父は、ウィンスノート領の教会にいたはずだ。次期教皇という立場の人間が、聖教会の本部があるランドールではなく、地方のウィンスノートにいたという事実も奇妙だが、マリアンナが王都入りする日時までが同じというのは、どう考えても偶然ではない。

——これじゃまるで、わたしを監視してるかのようだわ……。

その考えに至ってしまえば、目の前の美貌の主に、そら恐ろしさを感じてしまう。

助ける、と彼は言った。けれど、それは具体的にどういうことなのだろう？

マリアンナを侍女に仕立て上げ、教会に連れて行くと言っていた。聖教会の本部ということなのだろうか？　そうなれば教会と言う冷厳な檻の中に入ったも同然で、外界とはほとんど断絶されてしまう。許される人間関係は、ほぼレイ神父とだけになるだろう。自分はそれでいいのだろうか？　そもそも、彼は信用できる人間だったのだろうか？

「……どうして、あの時間にあの場所にいらしたのですか？」

問いに、レイ神父は少し笑って、目線だけでその先を促した。目は優しいのに、無言のせいか妙な圧力を感じて、マリアンナは思わず身体を引いた。狭い馬車の中、抱き締められている状況で、これ以上距離を離せないというのに。

「だって、あまりにもタイミングが良過ぎます。まるで、わたしを見張っていたかのようだわ……」

焦って言葉に詰まりながらも言い切れば、レイ神父は哀しそうに美しい顔を歪めていた。

「困りましたね。どうしたら、信じて頂けるでしょうか？　私は決してあなたを傷付けない。私にとって、最も大切なのはあなたなのですから……」

肝心な答えをはぐらかした言い方に、マリアンナは困惑を強めた。

マリアンナを初恋の少女だと言っていた。けれどそれはもう十数年も前の話で、最近になって再会したからと言って、最も大切、などと言ってもらえるような関係を結んだわけではない。

それなのに、レイ神父の言い方は、まるでマリアンナを恋人だと思っているかのようだ。

——わたしが、何か勘違いさせるようなことをした……？

でも、彼は聖職者だ。もとからそんな対象ではなかったし、彼にそんなふうに見られているとも思っていなかった。

レイ神父の美しく穏やかな表情の裏に不穏なものを感じ取って、マリアンナはぞっとした。

「大切って、そんな」

青ざめ、馬車の壁に背を張り付けたマリアンナを、レイ神父は困ったものを見るかのような表情で見つめた。

「大切ですよ。例えば、そう。あなたが私の救いの手を振り払ってレオナルドの手に堕ちるのを見るくらいなら、私のこの目を潰した方がマシだと思うほどに」

そう言うやいなや、懐から何かを取り出して自らの顔に近づけた。

それがギラリと光る小振りのダガーだと気付いたマリアンナは、息を呑みその腕にしがみ付いた。

「やめて！　やめてください!!」

まさか本当にに刃物で自分の目を突こうとするなんて！

心臓が狂ったように速い鼓動を叩く。全身から汗がどっと噴き出し、レイ神父の腕を掴んでいる手が震えた。

涙を浮かべて自分を振り仰いでいるマリアンナを見下ろし、レイ神父はゆっくりとダガーを持っている手を下げた。そしてその刃物を再び懐にしまうと、しがみ付いているマリアンナの頬を長い指で撫でる。

「本当に、あなたは優しい……純粋で、穢れのない私だけの乙女……」

ぞわっと鳥肌が立った。

――何かが、おかしい。

粟立つ皮膚が、脈打つ血管が、張り巡らされた神経がそう叫んでいた。

けれどマリアンナは動けなかった。

自分を見下ろす金色の瞳に、絡め取られてしまったかのように。

＊

レイ神父が馬車を停めたのはひっそりとした貴族の別荘だった。周囲には他の邸も民家も見受けられる。

ここはどこだろう、と思って邸の周りの景色を確認するも、まったく見覚えのない場所だ。道中もカーテンを閉められていたため、マリアンナには王都からどの方角に向かっていたのかもさっぱり分からない。

「さぁ」

嬉しそうに微笑みながら差し伸べられる手に、マリアンナは逡巡したものの、恐る恐る手を乗せた。彼がまた目を潰そうとするようなことがあってはならないと思ったからだ。

レイ神父の手は自分の体温よりも低く、少しひんやりとしていた。

マリアンナが従順に従ったことに満足そうな表情で、彼は邸の中に足を踏み入れた。

「ああ、あなたがここに来るのを、どれほど心待ちにしてきたことか……！」

いつも静かな物言いをする神父にしては珍しく高揚しているようで、声が僅かに上ずって聞こえた。

だがそれに反比例するように、マリアンナの心はじわりじわりと恐怖に沈んでいく。

——レイ神父は、少しおかしい。

これは勘違いなどではないはずだ。

神父のマリアンナへの執着は、異常だ。

レオナルドと双子なのは、恐らく本当だろう。そして彼らの間に確執があるのも。神父はその確執からレオナルドがマリアンナに執着してしまったのだと言っていたが、どちらかと言えば、それは神父の方に思えた。

『先にあなたを見つけたのは、この私だった』

先か後かの問題ではない。まるで自分を戦利品にして、競争をしているかのような発言を思い出し、マリアンナは顔を顰めてしまう。

――まるで、子供だわ。

いっそ本当の子供であってくれたなら、咎めることも諌《いさ》めることもできただろう。だが、彼はそうではない。子供どころか、マリアンナよりもずっと年上で、しかも次期教皇というとんでもなく高貴な身分なのだ。

そして、あの馬車の中での自傷未遂。

マリアンナが止めなければ、恐らく神父は本当に自分の目を突いていただろう。それほど、彼の腕には嘘ではない力が籠もっていた。

――自分の思い通りにするために、目を突こうとするなんて……。

その時の恐ろしさが甦ってきて、マリアンナはギュッと目を閉じた。

物思いに耽っていたため、マリアンナは邸の中を見てはおらず、神父に促されるまま歩みを進めていた。

だから、はしゃぐような声で神父に名を呼ばれ、目の前の光景を見た時、心臓が凍るほど動揺した。

「ようこそ、マリアンナ！　ここはあなたのためだけの部屋ですよ!!」

神父が両腕を広げて指し示したその部屋は、レイヴンズバーグ邸のマリアンナの部屋とまったく同じだった。

お気に入りの猫脚で統一された家具、十歳の誕生日に父がプレゼントしてくれたマリアンナの肖像画、ライラックブルーの小花柄のカーテン、天蓋付きのベッド――。

「――――!?」

一瞬実家へ連れて来られたのかと思い、咄嗟に背後を振り返った。

すべてはおかしな夢で、父と母がいるのかもしれないと思ってしまったのだ。

けれどそこには両親はおろか使用人の姿さえ見えず、更にドアの向こうに広がる邸の様子は実家とはまったく異なっている。

この部屋だけが、マリアンナの部屋を再現しているようだった。

マリアンナはもう一度部屋の様子を見回した。

この部屋と自分の部屋の同じ点を探したのではない。どこか違う点はないかと、何かにせき立てられるようにして探していたのだ。だが探せば探すほど、まるで同じ。その異様さを見つけるばかりだった。

本棚に並べられているのは、何度も読み返した絵本。

ベッドに鎮座するのは、八つの誕生日に母からもらったアンティークドール。

同じ時にトリスタンからもらったテディベアもいる。

それらはすべてマリアンナが大事にしていたものだが、近しい人間でないと、絶対に知りえないようなものばかりだ。

ザッと血の気が引くのが分かった。

――狂ってる。

声も無く怯えるマリアンナに、けれどレイ神父はそうとは取らなかったようだ。満悦の笑みを向けて言った。

「驚きましたか？　あなたの好きなものだけを集めました。もう売っていないものなどもあって、少々骨が折れましたが、他ならぬあなたのためですからね」

神父がそう言いながらこちらに手を伸ばして髪に触れようとしたので、マリアンナはビクリと身を竦ませて、それを避けた。

四肢が戦慄き始める。

――怖い……怖い、怖い!!

ふるふると首を振りながら、マリアンナは一歩一歩後退さっていく。

少しでも、目の前の優雅に微笑む狂人から距離を取りたかった。

神父は怯えるマリアンナに、小首を傾げた。

「どうなさったのですか？　何かお気に召さないことでも？」

まるでマリアンナが怯えていることが、心底不思議だと言わんばかりだった。

マリアンナは戦慄きそうになる唇に、しっかりと力を込めた。そうしなければ、すぐにでも泣いてしまいそうだった。

「……ど、どうやって、この部屋を……」

再現できたのか、という続けられなかった問いを、神父は正確に読み取ったようだ。にっこりと微笑みを浮かべ、何でもないことのようにのたまった。

「私はあなたのことなら、何だって知っていますよ。梨は好きだけれど、リンゴは嫌い。何故って、噛んだ時のシャリシャリとした音が苦手だから。大切にしていたビスクドールの名はキャンディ・ハドソン。九つの時に耳を噛まれてから、ネコは苦手。馬は大好きで、乗馬の時には男装をするけれど、その時も下着は女性物のままだとか――」

神父の口から自分の下着のことまで飛び出して、マリアンナは仰天した。あまりにもプライベートなことだ。父やトリスタンですら知らないだろう。

それを、何故この人が！

「待って！　レイ神父、待ってください！」

半泣きで止めようとするのに、神父は止まらなかった。

「ああ、男装の時にはペチコートではなく、ニッカーズを穿くのですよね」

「いやああぁ!!」

マリアンナは両手で自分の頭を抱えて絶叫した。

あまりの衝撃に、張り詰めた精神の糸が、ふつりと切れてしまった。

涙を流して叫びながら、その場に蹲ったマリアンナを、レイ神父が優雅な仕草で抱き締める。

「いやっ！　いやぁああ!!」

その腕から逃れようと暴れるが、宥めるように神父が抱き締める。

「可哀想に、マリアンナ。あんな頭のおかしな弟に連れ去られ、操まで奪われて、怖かったのですね。でももう大丈夫、これからは私があなたを守って差し上げますから――」

――違う！　違う違う違う!!

怖いのはレオナルドじゃない。今目の前にいる、あなただ！

そう言いたいのに、恐怖にひりついた喉は、言葉にならない悲鳴を上げるのが精一杯だ。

「いやぁ！」

振り回された細い腕を、神父はその腕の中に抱きこんで封じる。

子供を抱くようにして前後に揺すりながら、まるで子守唄でも歌っているかのような穏やかな声で、マリアンナに囁きかけた。

「大丈夫、もう大丈夫ですよ、私の可愛いマリアンナ。私の作った、あなたの大好きなものだけでできたこの邸の中で、安心してお眠りなさい。あの狂った弟の魔の手から、必ず守ってみせますよ」

華奢なように見えても、レイ神父の身はやはり男性そのもので、マリアンナがいくら暴れてみせても、太刀打ちできなかった。

マリアンナは恐怖に震えながらも抵抗を諦め、ぐったりと神父の胸に身を預けた。

それに気を良くしたのか、神父は乱れてしまったマリアンナの髪を指で梳きながら、独り言のように語り出した。

「まったく、あの弟が邪魔さえしなければ、もっと早くにここに連れてこられたのに……。私はあなたが成人するのを……社交界デビューを待って、傍に来て頂くつもりでした。そのためにこの邸を作らせていたのに、どこであなたを知ったのか、あいつがあなたへちょっかいをかけるようになってしまった」

恐怖で心が麻痺してしまったのだろうか。

そんな前からこの邸を作っていたという事実を聞いたにもかかわらず、マリアンナはもうそれほど驚かなかった。

「あなたを奪われるわけにはいかないと思い、あの侯爵未亡人をけしかけてあなたから引き離すことに成功しました。軽薄で尻軽なあの女は、随分と弟に入れ込んでいるようでしたからね。ウィンスノート伯爵がデビュタントを妻にしようとしていると耳打ちすれば、分かりやすいほど簡単に、あなたに近づこうとする弟の邪魔をしてくれましたよ。そうそう、先ほどあの女が邸に居たのも、私があなたが向かうと教えてやったからです。本当に単純で愚かな女だ。だがあの弟の足止めには良い駒となってくれる」

神父はクスクスと鈴を転がすように笑う。

――そうか。クイーンズベリー侯爵未亡人が、わたしを執拗に虐めたのは、裏でこの人が手を引いていたのか……。

　不思議と神父への腹立ちはなかった。

　あるのは、ひたすら嫌悪感だけだった。

「いくら邪魔をしても一向に弟があなたへの興味を失わないものだから、嫉妬に目の眩んだあの女が、あなたを社交界から追い出してしまい、あの時は辛い思いをさせてしまいましたね……でもまぁ、どうせ私と暮らすようになれば、外界の煩わしさからは隔絶した清らかな生活になりますから。それよりも誤算だったのは、あなたが領地に引き篭もってしまい、接触する機会がなくなったことです。次期教皇、などという窮屈な立場にあって、自分から動くことが適わなかったので、本当に苦しかった。このままでは一生あなたを迎えにいけないと思い、教皇位を正式に継ぐことと引き換えに、一年だけ自由を得ました。そして、あなたの傍に行ったのですよ。一介の神父として」

　――『レイ・デヴォン』神父として……。

　マリアンナはぼんやりと昔を振り返った。

　マリアンナがレイヴンズバーグに引き篭もるようになって二年が過ぎた頃、突如現れた絶世の美貌の聖職者。

　レオナルドによるいわれのない中傷と、社交界の毒に傷付いていたマリアンナを、温かく励ましてくれたあの神父が、裏で糸を引いていた張本人だったなんて……。

　なんて、愚かな小娘だったんだろう？

その優しい手に救われたと、心を癒されたと思っていただなんて——。

「本当は、あなたに思い出してもらうのを待つつもりでした。けれども何故か現教皇が教会本部に戻るようにと圧力をかけだして……あなたとの繋がりを知られてはいけないので、しぶしぶ戻りました。まさかレオナルドがまだあなたを諦めておらず、その隙を狙って奪われてしまうなんて思いもせずに……」

この国では聖職者の結婚は許されていない。当然ながら、姦淫もしかりだ。聖職者で、しかも次期教皇という立場の彼が、貴族の子女であるマリアンナに執着していることを知られれば、大問題となるだろう。

レイ神父と入れ替わるように現れたレオナルドは、確かにどこか焦ったように、マリアンナとの結婚を迫った。

よく考えればやることなすことすべてスマートにこなしてきたレオナルドが、結婚に関してのみあんなに段取りが悪いというのは腑に落ちない。

レオナルドが兄のこの狂気を知っていて、その狂気を向けられているマリアンナを救おうとしていたのだとすれば——？

自分に都合の良いようにものを見過ぎだろうか？

恐らく、そうなのだろう。レオナルドを好きだと自覚したマリアンナにとって、この結婚が少しでもマリアンナを想ってくれてのものであった方が、未来に希望を持てるから。

「私は聖職者ですから結婚はできません。そこにつけいったつもりで、あいつはあなたと結婚をしたのでしょう。……バカな男だ。結婚など、所詮人の創り出した形式に過ぎない。魂の結びつきがあれば、そんなもの不要だというのに！　私にはあなたに妻という立場をあげることはできませんが、こうして愛し合い生涯共に暮らすことはできる」

うっとりとそう語る神父に、マリアンナの全身は硬直した。

――生涯？　愛し合う？

妻という立場ではなく――それはつまり『愛人』として、ということだ。

神父は最初から、マリアンナを愛人にするつもりだったのだ。

この貴族社会で、『愛人』がどれほど蔑まれる立場であるか、貴族の子息である神父が知らないはずがない。未亡人であるならともかく、未婚の、しかもマリアンナのような若い娘が愛人などに身を窶《やつ》せば、マリアンナもその子供も庶民以下の扱いしかされなくなってしまうだろう。聖職者の身を汚した淫婦として、教会にすら入れてもらえなくなる。

「……な、にが……愛し合う？」

神父の狂気に押し込められていたマリアンナの勝ち気が、怒りによって呼び覚まされた。

ずっと大人しくされるがままだったマリアンナの唸るような反抗に、神父は眉を顰める。

「……マリアンナ？」

その心外だとでも言いたげな態度に、マリアンナの怒りが破裂した。

どん、と神父の胸を突き飛ばして立ち上がり、距離を取った。

「結婚もせず、世間からも切り離すなんて……それが、愛してる人間へすることですか？」

「肩書きなど、どうでもいいことです。私が愛するのは、生涯あなた唯《ただ》一人なのだから」

「そもそも、あなたとわたしは愛し合ってなんかいないわ！」

マリアンナが吐き捨てるように叫べば、神父はゆっくりと身を起こした。

「それは困りましたね」

浮かべているのは、天使のように美しい笑顔だ。

マリアンナはじり、と足を一歩後ろへと引いた。

「イヤ！　来ないで！」

「マリアンナ、あなたは自覚していないだけ。大丈夫、ここにいれば、すぐに私との愛を認めるようになります」

——この人は、わたしをここに閉じ込める気だ。

ここは、そのための檻……。

神父の意図に気付いたマリアンナは、咄嗟にドレスの裾を持ち上げて駆け出した。

——ここにいては、ダメ!!

この部屋の唯一の出入り口であるドアを目指すが、その一歩手前であえなく手首を掴まれ引き寄せられてしまう。

決して太くはないのに、しなやかな鞭のような強靭さでマリアンナの身を拘束する神父の両腕に、マリアンナは半狂乱で叫んだ。

「やだっ……！　やめて！　放して！　わたしを帰して！」

「帰す……？　困った方ですね……。あなたの家はもうここだというのに……」

「違う！　やだ！　やだぁ!!」

なおも暴れるマリアンナに、神父は深い溜息をついて懐から何かを取り出した。

目の前の現実を閉め出したくて、ぎゅっと目を閉じていたマリアンナは、自分が何をされているか分からなかった。

ジャラ……カチャリ、と硬質な金属音がして、自分の首に何かが巻かれた。

ぞわっと背筋を恐怖が這い上がる。

――これは。この、首のものは……。

「これはすべてあなたのためなのですよ」

神父の宥めるような声がして、心臓が軋んだ。

ドクドクとうるさいくらいに鼓動が響いて、マリアンナは目を閉じたまま自分の首に手をやった。

太い革の感触。そしてその先には……。

ジャラ、と先ほど聞いたのと同じ金属音が鼓膜を打ち、マリアンナは恐る恐る瞼を開いた。

「良い子にしておいでなさい、マリアンナ」

まるで犬か猫かに言うように言い置いて、神父は手にしていた鎖の先を、天蓋付きのベッドの支柱に繋いだ。

——鎖。

そう、鎖だ。

マリアンナは呆然と首だけを巡らせて、部屋の脇にあるドレッサーの鏡を覗き込んだ。

「ひっ……！」

鏡の中の自分の首には、赤い革の首輪が付けられていた。

その先には、ベッドへと続く細い鎖——。

マリアンナは美しい狂人によって、邸の中に監禁されたのだった。

第九章　裏切りの行方

マリアンナが鎖に繋がれてから、三日目。

窓から差し込む陽光の加減で、夜が二度来たことを確認しているので、確かだろう。

けれどこうやって日を数えていられるのは、あとどれくらいだろう?

自嘲気味にそう思って、マリアンナは顔を歪めた。

遠からず、自分は狂ってしまうだろう。いや、その前に餓死するか……。

ここに連れて来られて以来、マリアンナは食べ物を口にしていない。

レイ神父——いや、今となっては神父と呼ぶことは到底できない。麗しい容姿と人当たりの良い物腰で周囲の人間を欺いているあの狂人——レイナートは、毎食マリアンナに用意する。

だが、自分を監禁するような人間からの食べ物をどうして口にできようか。

用意されたものにまったく手を付けようとしないマリアンナに、レイナートは困ったように言った。

「いけませんね。食欲がありませんか？　でも食べなければ身体を……」

「ここから出して」

この状況の異様さを無視したようなレイナートの台詞を、バッサリと遮るようにマリアンナは要求する。だがレイナートはそれをまるでなかったことのようにして、冷めて乾いてしまっている前回の食事を片付ける。

「もうずっと何も食べていらっしゃらないから、お腹に優しいオートミールにしましたよ。いきなり重いものを入れれば、胃が驚きますからね」

レイナートが運んできた新たなプレートには、湯気の立ったオートミールがのせられている。その匂いに唾が湧いて出てくるのを、マリアンナはぐっと嚥下して耐えた。もう丸二日何も摂っていない身体が、食べ物を欲して悲鳴を上げているが、ここで屈してはいけない。

ふい、と視線を逸らして、ベッドの隅で膝を抱えて身を丸める。

レイナートの溜息が聞こえたが、知ったことかと思う。

監禁されてすぐ感じた恐怖は、凌辱されるのではないかということだった。

レイナートはこのベッドでマリアンナを抱き締めて一緒に眠る。初めてそうされた時、当然ながら男女の行為を想像したが、意外なことにレイナートはそうしなかった。

『私はあの弟のように、あなたに無理強いするつもりはありません。あなたが私を受け入れてくださるまで、待ちますから』

そう微笑んで、本当に何もしなかった。

どういうつもりなのかは知らないが、それでマリアンナを懐柔できると思っているなら間違いだ。監禁され鎖に繋がれている段階で、レイナートへの信頼は地に落ちてしまっている。待ったところで、マリアンナがレイナートを受け入れるなどありはしない。

だが凌辱をされないという事実には、正直なところ、心底安堵していた。

――この男は、自分を決して傷付けはしない。

それはマリアンナの確信だった。

今までの言動から、レイナートはマリアンナを美化しているように思われる。思い出の中の初恋の少女――優しくて思いやりに溢れた純真無垢の乙女、それがマリアンナだと思っている。だが実際にはそうではない。マリアンナは強情だし頑固だし、おまけに破天荒だ。レイナートの初恋の少女には程遠い。

けれどもレイナートにとって、マリアンナは無邪気で優しい、護ってやらなければならない庇護対象なのだ。

そしてここでも表れるのが、レオナルドへの対抗心だ。

レオナルドがマリアンナを強引に奪ったことをどうしたものか知っているらしく、無体な真似をした弟と真逆の行動を取ることで、自分の優位性を証明したいのだろう。レイナートにとって、レオナルドに勝つことが、自分の存在価値であるのかもしれない。

恐らく、マリアンナを護ることで、レイナートはレオナルドに勝っていると思っているのだ。だから、レイナートは決してマリアンナを傷付けるような真似をしない。

庇護対象であるそのマリアンナが死んでしまっては元も子もない。マリアンナが絶食を続けているこの状況に、レイナートは焦っているはずだ。

――もう少し。もう少しよ。

マリアンナはぎゅっと身体を縮こまらせて、飢餓感に堪える。

あと少しで、交渉の余地が生まれる。

マリアンナを死なせたくないレイナートは、恐らくものを食べさせるために交換条件を呑むだろう。

――この、鎖さえ外せれば……。

逃げようはいくらだってある。だから――。

祈るように自分の内に篭もっていたマリアンナは、ギシリ、とベッドが傾いたことで、ようやくレイナートが自分のすぐ傍までやって来ていると気が付いた。

パッと顔を上げれば、レイナートの人間離れした美貌がそこにあった。

「マリアンナ。食べなくては身体を壊します」

まるで子供を窘めるような、優しい声色だった。

その顔が、子供たちに読み聞かせをしていたあの頃の思い出を甦らせて、マリアンナの眼に悔し涙が滲んだ。

信じていたのに。あの温かさを。優しさを。

「ウソつき！」

マリアンナが小さく叫べば、レイナートは目を瞠った。

「ウソつき……？」

「わたしはあなたを信じていたのに！　あなたのは全部ウソだった！　優しさも、温かさも！　全部全部ウソだったのよ！」

するとレイナートの表情が一変し、マリアンナは息を呑んだ。

それまでの柔和な微笑はなりを潜め、冷たく突き刺すような眼差しが、マリアンナを貫いた。

「裏切ったのは、あなたの方でしょう、マリアンナ」

地の底から響くような声だった。

マリアンナはゾッとして膝を抱えていた体勢を解いて、後ろへと下がった。だがそこは既にベッドの端で、ヘッドボードに背を付けるだけに終わってしまう。

怯えるマリアンナに、ゆらりとレイナートが覆い被さった。

「ひっ……！」

声にならない悲鳴が漏れた。

「私をすっかり忘れて、思い出しもしなかっただけでなく、あんなにも憎んでいたくせに、あっさりとレオナルドに身体を許した。……これが裏切りでなく、何なのです？」

抑揚のない声でそう問いかけて、レイナートは怯えに身を固くするマリアンナの首を、その長い指でそっと撫でた。冷たい指の感触に、マリアンナの皮膚が総毛立つ。

「長い長い間、私はずっと孤独でした。幼い頃に両親と離され、放り込まれた聖職界では珍獣扱い。皆腫れ物のように扱うくせに、『神の化身』だからといって、完璧を求める。教会にとって、私は子供ではなかった。人間ですらなかった。遠巻きにされ、誰一人温もりを分け与えてくれなかったあの冷たい場所で、私のよすがは、幼い頃の思い出の少女ただ一人だった……！」

レイナートの指が白い首に絡み付いた。

その指に力が籠もれば、自分の首などへし折られるだろう、そう思いながらも、マリアンナはその手を振り解けなかった。

レイナートの表情が、あまりに痛くて。

――なんて、哀しい顔をするの……。

レイナートは笑っていた。

笑っているのに、まるで泣いているかのような、そんな張り詰めた人の顔を、マリアンナは初めて見た。

「あなただけだったのです、マリアンナ。ずっとずっと、あなたの笑顔が、与えてくれた温もりが、私の心を支えてくれた……。それなのに……」

ぎり、とレイナートの指が締まった。

首の血管が締められ、気道が狭まる。

呼吸を妨げられ、マリアンナはレイナートの手をひきはがそうと握った。

「あなたは、私を忘れてしまっていた」

マリアンナは首を振った。

マリアンナも、トリスタンもずっと覚えていた。

ただ、女の子だと思っていたその子が、レイ神父だなんて思いもよらなかっただけだ。

霞む目で懸命にそれを訴えるのに、レイナートは理解してくれなかった。

「ねぇ、マリアンナ……あなたが私のものにならないというならば、いっそ私の手で殺してしまいましょうか」

レイナートは首にかけた手に体重をかけ、ベッドの上にマリアンナを倒した。

ギシリ、とベッドが軋み、馬乗りになったレイナートが、女神のような微笑を浮かべてマリアンナを見下ろしていた。

「あなたがいなければ、この世には何の意味もない。……大丈夫、怖くありませんよ。私もすぐ、後を追いますから——」

ぐっと指に籠もる圧迫感が増して、マリアンナの視界が赤く染まった。

マリアンナはもがいた。

腕を闇雲に振り回して、足をばたつかせて。

——死にたくない！　まだ、死ねない！

レオナルドに、まだ言っていない。

好きだと。

厭味で意地悪で、最低の傲慢男なのに。

価値観が違って、顔を見ればぶつかり合って喧嘩ばかりしていたのに、それでも垣間見える優しさは、本物だった。

理屈などでは、多分言い表せない。

もうどうしようもなく、レオナルドが好きなのだ。

馬鹿にされて笑われても、軽蔑されてもいい。

この気持ちをまっすぐに、あの人に伝えなければ――。

そう思うのに、摑もうと必死で手を伸ばしても、意識はすり抜けるように遠のいていく。

顔全体が水をかけられたかのように冷たく感じてきた。いや、冷たいのか熱いのか、もう区別がつかない。

「……ぇ、ぉな……」

絞り出した声は、音になっていなかった。

けれど、マリアンナは呼んだ。

その名を――。

次の瞬間、ドカッという鈍い音がして、首の拘束が外された。

一気に肺が広がって、空気を取り込もうとして酷い苦痛を感じ、咽《む》せかえる。

ガンガンと頭痛が響くのに、咳も止まらずに頭が朦朧としていた。

「マリアンナ!!」

――レオナルド?

遠くで愛しいその声を聞いた気がして、マリアンナは意識を手放した。

*

水底から浮かび上がるように意識が浮上した時、マリアンナが見たのは、ベッドの天蓋だった。

――ここは、どこ?

見たことのない天蓋だ。外国風の太陽と月の絵が描かれている。

美しいな、とぼんやりと眺めていると、人の呼吸音を傍に感じてゆっくりと首を巡らせた。

するとベッドの脇に置かれた椅子に腰掛けたまま眠っているレオナルドの姿があった。

腕を組み、窮屈そうに身を丸めていて、秀麗なその顔の眉間に深い皺を寄せている。

レオナルドがいる……。

どうして彼がここにいるのか、そもそもここはどこなのか、など、考えなくてはならない疑問はたくさんあるのに、マリアンナの心に浮かんだのは、ただ喜びだった。

会いたかった。

ずっとずっと会いたかった。

レイナートの狂気と隣り合わせだったあの邸で、鎖に繋がれ人間としての尊厳を奪われても、飢餓にくじけそうになっても、レオナルドにもう一度会うのだと、そう思うことで自分を繋ぎ止めていられた。

もう一度会って、自分の気持ちを伝えたい。

その想いだけで、マリアンナは正気を保っていられたのだ。

やっと見られたその姿を堪能している内に、涙が溢れ出てきた。涙のせいで視界が滲み、せっかく見ていたレオナルドの姿が見えなくなるので、何度も瞬きをするのに、涙が後から後から湧いてきてしまう。

「――っ、うう……」

しまいには嗚咽まで込み上げてきてしまっていた。

泣きたいわけではない。まだ、レオナルドの寝顔を見ていたい。起こしたくないのに、嗚咽は止まらない。

「ふっ……ぅ、ううっ……くっ……」

制御できない泣き声を少しでも抑えたくて、自分の両手で口を塞いだ。

それなのに、しまいには喉がヒクヒクしてしゃっくりが出始めたので、マリアンナは慌てて頭からシーツを被った。

どうして涙が出るのだろう？

自分でもよく分からないまま、けれど一旦堰《せき》を切ってしまった感情の嵐は一向に治まる気配もなく、マリアンナはただ翻弄されるように泣いた。

レイナートが恐ろしかった。裏切られていて、悔しかった。

けれど、最後に見たレイナートの金の瞳は、あまりにも哀しくて、淋しくて。

幼い頃に家族から離されて、抱き締めてくれる温もりもなく、どれほどの孤独を抱えていたのだろう。

マリアンナは、幼い頃に会った、あの白金の髪の美しい少女を思い出していた。

淋しげに独り佇んで、マリアンナやトリスタンの遊ぶ様子を眺めていた、あの子。

声をかけて遊びに誘えば、酷く驚いた顔をして、『いいの？』と訊ねてきた。

子供が子供と遊ぶのに、『いいの？』だなんて。ダメなはずなんてないのに。

――でも、あの子はきっと、ダメだと言われ続けていたんだ。

レイナートがマリアンナに執着したのは、無理からぬことだったのかもしれない。

ずっと温もりに飢えてきた幼い子が、ようやく齎《もたら》されたそれに、必死でしがみついていただけの話。

どうしてうまくいかないのだろう？

あの淋しがり屋の白金の髪の子に恋をしたのは、兄のトリスタンだった。

けれど白金の髪の子が恋をしたのは、マリアンナで。

マリアンナが恋をしたのは、レオナルドだった。

誰かを好きになったとして、その人も自分を好きでいてくれる可能性の、なんと小さいことか。

想いは重なり合うことよりも、すれ違うことの方が多くて、その度に切なさや哀しさが生まれてきてしまう。

レイナートの想いを、胸が軋むほど切ないと思った。その哀しそうな瞳の痛みを、和らげてあげたいと思った。

——でもそれは、違うから。

マリアンナが欲しいのは、手を伸ばして『欲しい』と叫びたいのは、レオナルドだけだから。

——ごめんね。ごめんなさい、レイ神父——レイナート……。

あなたを可哀想だと思う。

だけど、それは恋じゃないから。

レオナルドを想うように、あなたを想うことはできないから。

この涙は、罪悪感なのだろうか？　だとすれば随分傲慢だ。そう思うのに、マリアンナは止められなかった。

身を震わせて泣くマリアンナを、そっと抱き締める腕があった。

「泣くな、マリアンナ……」

困ったような、低い声。

その広い腕の中にシーツごとマリアンナを包み込んだのは、レオナルドだった。

恐らく、マリアンナの泣き声で目が覚めてしまったのだろう。

骨張った手に背中を擦られ、シーツ越しのその温もりに、マリアンナはホッとするのと同時に、涙腺をより一層刺激されてしまった。

いよいよ声を上げて啼泣《ていきゅう》し出したマリアンナに、レオナルドは途方に暮れたような声で呟いた。

「……泣くな、頼むから……。私はお前の泣きそうな、それでも泣くまいとする勝ち気な瞳を愛しているが——実際に泣き声を聞けば、どうしていいか分からない……」

そのままマリアンナを膝に抱え上げ、赤ん坊にするように前後に揺すった。

シーツ越しにレオナルドの鼓動の音が聞こえてきて、マリアンナの荒れた感情の波をゆっくりと宥める。

しゃっくりが徐々に治まり、マリアンナの吐き出す呼吸が落ち着くと、レオナルドは頭から被っていたシーツをそっと剝がした。

泣き顔を見られるのは恥ずかしいと思ったものの、泣き過ぎてぐったりとしてしまっていたマリアンナは、レオナルドの胸に身体を預けてされるがままになっていた。

「もう、大丈夫だ」

何度もそう囁くレオナルドに、マリアンナは訊いた。

「レイ神父……レイナートは、どうなったの……？　それに、ここは……」

レオナルドは一瞬、ピクリと身を震わせたものの、その後、絞り出すような声で言った。

「ここは私のタウン・ハウスだ。お前を助けた後、こちらに来た。レイナートは教会軍に引き渡した。『神の化身』とされる次期教皇が連行されたとなれば、世間への影響が大き過ぎる。公的には護送のためとなっているが、処遇は現教皇に委ねられ、審問にかけられることとなるだろう。その後は恐らく、レイシック教皇庁に……」

レイシック教皇庁とはこの国の最北端にある教皇の直轄地である。国王の権力すらこの地には及ばず、そしてまた聖職者でありながら罪を犯した人間の収容所がある場所でもあることで有名だ。

——ああ、そうなのか……。

マリアンナはぎゅっと瞼を閉じた。

教会軍はアトロス聖教会直属の軍隊で、教皇の命令によってのみ、神と教えに仇なす者に対し発動される。

つまりレイナートは聖職者としての資格を事実上剝奪され、幽閉されてしまうのだ。

聖職者でありながら、ウィンスノート伯爵夫人であるマリアンナを誘拐し、監禁したのだ。マリアンナを鎖で繋ぎ、首を絞めていたあの状況では、言い逃れの余地はなかっただろうから。

「あなたが、教会軍を……？」

「ああ」

レオナルドの短い肯定は、苦渋に満ちていた。

血を分けた双子の兄を、その手で断罪しなくてはならなかった、その苦しみが垣間見えて、申し訳なさにマリアンナはまた涙した。

――わたしが、もっと慎重であったなら。

レイナートの異常さにもっと早く気が付いていたら。もっと早くに逃れていたら。

レオナルドにこんな想いをさせずに済んだかもしれないのに。

そしてレイナートをここまで追いつめることはなかったかもしれないのに――。

己の不甲斐なさに流れ出る涙はとどまることを知らず、けれどそんなマリアンナを、レオナルドは辛抱強く抱いていてくれたのだった。

第十章　明かされる

目を真っ赤に腫らしたマリアンナの顔にかかった赤毛を、レオナルドは丁寧に後ろへ撫で付けてくれる。

その指の優しさに、マリアンナは余計に涙を誘われた。

喉が震えて情けない泣き声が出ると、レオナルドは慌てたように瞼にキスを落とす。

「ああ、泣くな！　頼むから、泣かないでくれ……私の小鳥……！」

『小鳥』——その呼び名に、マリアンナの心が跳ねた。

それは、あの紳士が呼んだマリアンナの呼称。

——やっぱり、レオナルドは……。

顔を上げて凝視するマリアンナに、レオナルドは、諦めにも似たほろ苦い笑みを浮かべた。

「そうだよ、私があのコートの持ち主だ」

「――っ！」

そうだと信じていた。いや、信じたかった。

だがこうしてそれが事実だと認められると、マリアンナは自分でも驚くほどに衝撃を覚えた。

――レオナルドが、あの湖の紳士……。

胸の中でそう何度も反芻するのに、心がついていかないようだった。

「……………どうして……」

口から零れたのは、そんな言葉だった。

そうだ。あの時の紳士であったなら、どうして再会した社交界デビューで、マリアンナを執拗に虐めたのか。

どうして、今までそのことを告げてくれなかったのか。

細かいことを挙げれば切りがないほど疑問があって、望んだはずのその事実を素直に受け止められなかった。

するとレオナルドは自嘲に口元を歪めた。

「どうして……そうだな。お前に、話さなければいけないことが山のようにある。何から話せばいいのか……。ああやはり、最初から、だろうか」

「最初……」

マリアンナが鸚鵡のように繰り返せば、レオナルドはこくりと頷いた。

「そう。最初——私がお前と初めて会った、あの湖からだ」

「わたしが溺れていると勘違いして、あなたは湖に飛び込んでくれた……」

マリアンナが確かめるように言えば、レオナルドはクスリと笑った。

「ああ、少年が溺れていると思っていたのに、少女だったと気付いた時には驚いたよ。しかも、裸で」

その時のことを思い出すかのような口調に、マリアンナは顔を赤らめてしまう。

今から思えば、なんて恥ずかしいことをしていたのだろう。

できればレオナルドからその記憶を抹消してしまいたいと思って俯くと、顎に指をかけられて上を向かされた。

レオナルドは、思い出を懐かしむように微笑んでいた。

漆黒の瞳に湛えられた柔らかな光に、マリアンナは吸い寄せられるように目が離せなくなる。

「妖精かと思った。穢れのない、天使のようだと。——一目で、恋に落ちたんだ」

一瞬、何を言われているか理解できなかったマリアンナは、ポカンとした顔をしていただろう。

レオナルドはそんなマリアンナを愛しげに見つめ、指の背でその頬をそっと撫でた。

「私はあの瞬間から、ずっとお前に恋をしてきたんだ」

そう言われた時、マリアンナの中で何かが決壊した。

「――ウソ！」

飛び出したのは、そんな台詞だった。

「嘘じゃない」

「ウソです！　だって、あなたはわたしを虐めたではないですか！　蔑んで貶めて、社交界から追い出した！　恋をしていたのなら……わたしを好いてくれていたのなら、何故そんなことができたの⁉」

そうだ。

レオナルドが好きだと自覚してからも、これまでの蟠《わだかま》りを払拭できたわけではない。あの頃に受けた傷は決して小さなものではなく、マリアンナの中には今もまだ、悔しいと泣き叫ぶ少女が地団駄を踏んでいる。『赦すな！　その男を決して赦すな！』と。

けれどもう一方で、マリアンナは自分に危害を加え続けてきた目の前の男を、もうどうしようもなく好きだと感じてしまっている。

彼なのだ、と。彼でなくてはならないのだ、と。

鬩《せめ》ぎ合う感情の狭間でマリアンナは、レオナルドの腕から逃れようともしないのに、きつくねめつけるという矛盾した行動を取った。

突き付けられる視線の鋭さに、レオナルドは所在なく笑う。

「――そうだな。お前には、私を糾弾する権利がある。分かっている。どんな理由があったにしろ、私がお前にやってきたことは、決して赦されることではないのだと……だが、もしお前に少しでも私を想う気持ちがあるのならば、私の話を聞いてくれないか？……あの、モーニングコートに、免じて」

ズルイ、と思う。

そんなふうに、あのコートを持ち出すなんて。

きっと、レオナルドは分かっている。マリアンナがあのコートを後生大事に持っていると知ってしまっているのだから。

マリアンナの翡翠の目の中に、その迷いが表れていたのだろう。覗き込むようにしてこちらを窺っていたレオナルドが、瞼にちゅ、と啄むようなキスを落とす。

「私とレイナートが双子の兄弟だということは、もう知っているな？」

問われてマリアンナはコクリと首肯した。レオナルドは小さく頷き返し、少し遠くを見つめた。

「私とレイナートは、仲の良い兄弟とは言えない。同じ母の胎《はら》から同じ時に生まれ落ちながら、違い過ぎたのだ。レイナートは生まれた時から神の化身とされ、腫れ物のように扱われた。父ですら、レイナートを抱き上げることはなかった。レイナートをただの子供として扱ったのは、母と、何も理解できていなかった私くらいだろう。母はいずれ引き離されてしまうと分かっていたせいか、レイナートを猫可愛がりした。幼い頃、私にはそれが酷く不公平なことのように思えた」

そう言って、レオナルドはフッと微苦笑を漏らした。

「よく、レイナートのものを奪って、隠したりしたものだ。母はレイナートにだけ特別に、と言っていろいろなものを与えていたから」

マリアンナは彼らの母の心の内を想って、顔を歪めた。

――ああ、きっと公爵夫人は、少しでもたくさん、レイナートに与えておきたいと思われたのね……。

いつか手放さなければいけない、そして過酷な環境に置かれるだろう我が子に、できる限りの思い出と温もりを、と。

けれど、その特別扱いは幼いレオナルドには納得できないものだっただろう。年の差のある兄弟ならまだしも、双子だったのだから。

レイナートが、レオナルドは自分のものを奪うのが習慣になっていると言ったのは、ここからきているのだろう。

「腫れ物扱いされたレイナートに対して、私は弟でありながら公爵家の後継者として育てられた。父は熱心に、厳しくも温かく自ら教育を施してくれた。母がレイナートにかかり切りな分、父は私を、という役割分担が両親の間にはあったのかもしれない。だがレイナートにしてみれば、本来ならば自分が立つ地位に私がいることで、私に奪われたと思ったのだろう。……私たちは、本当にお互い様だった」

兄と仲の良いマリアンナには、レオナルドたち双子の間にある葛藤を、その苦しさを真には理解できないのかもしれない。六つも年が離れているせいもあり、マリアンナはトリスタンからは常に庇護される対象であって、競争相手ではなかったから。

それでも、どちらも互いの境遇を羨み、与えられる愛情を妬んで、競争しなければならなかった幼い双子を、マリアンナは悲しく思った。

レオナルドの言う通り、お互い様だったのだ。どちらが悪いなどということはない。

「十二歳を迎えようとする頃、母がおかしくなった。教会との約束で、レイナートが十二になった時、その身を教会に預けることになっていたから。母は元々精神的に弱いところがあったから、その負担に耐えられなかったのだろう。ある日突然、レイナートを連れて出奔してしまった。仰天した父は総力を挙げて探し出そうとしたが、どこへ逃げたのか、母は見つからなかった。何の手がかりも摑めないまま二ヶ月が過ぎようとした時、私は匿名で手紙をもらった。レイナートからのものに違いなかった。そこには母を独り占めする喜びと幸せが書かれてあったのだ。レイナートは、私が母のことで嫉妬しているのを知っていたから、羨ましがらせたかったのだろう。そしてレイナートの思惑通り嫉妬に駆られた私は、のこのことレイナートが書き記した場所まで行ったんだ。馬車を使って。そこで、レイナートと草原で戯れる、赤毛の愛らしい少女を見たんだ」

言いながら、レオナルドはマリアンナを見つめた。

それはマリアンナに焦点を当てているようでいて、彼女の中に何かを探すような眼差しだった。

「……それは、わたし？」

戸惑いながら訊ねれば、レオナルドは溜息のように笑った。

「そう、お前だ。そしてその傍には、お前と同じ赤毛の年嵩《としかさ》の少年もいた」

「——トリスタンね」

「たくさんの子供たちが赤毛の少年を中心に野原を駆け、お前とレイナートはその後について回っていた。手を繋いで」

マリアンナの心臓がドクリと音を立てた。

レオナルドが語るのはあの頃の光景そのものだった。子供の頃レイヴンズバーグに現れた美少女——レイナートと一緒になって野を駆けずり回った、胸が痛くなるほど懐かしい、あの頃の……。

——そうか。わたしたちと出会ったあの夏、レイナートはお母さまと逃げて来ていたのね……。

誰が住んでいるかを詮索されない田舎の貴族の別邸でひっそりと、母子は最後の時を過ごしていたのだ。

だから、あの時レイナートは女の子の恰好をさせられていたのだ。

だがそれを、レオナルドが垣間見ていたとは思いもしなかった。

マリアンナの驚きに気付いたのか、レオナルドが苦く笑った。

「お前は幼い頃から愛らしかったな。クルクルと表情を変える翡翠の瞳、レイナートへ向かって差し出される小さな掌、可愛らしくはしゃぐ笑顔——そして、何よりレイナートが見たこともないほど嬉しそうで、幸福そうだった……」

「そ、そんな……！」

面と向かって褒められて、マリアンナはどうしていいか分からずに困り切った。何しろ、レオナルドには酷いことを言われこそすれ、こんなふうに甘い言葉を言われたことはなかったから。照れていいのか怒っていいのか分からないマリアンナとは裏腹に、語るレオナルドの目は暗く沈んでいた。

「初めて見る兄のその笑顔を見て、私は……嫉妬したんだ」

「え――」

「何故、母を奪っていったレイナートが、あれほど幸せそうにしているのか、と。母とレイナートが失踪し、こちらは誰もが緊迫しピリピリと神経質になっているというのに、ヘラヘラと笑っているレイナートが、憎いと思ってしまった。今思えば、それが兄に残された最後の温かい日々になったであろうに……。私はそれを、告げ口をする気持ちで父に報告したんだ。何の手立てもなく途方に暮れていた父は、子供であるとはいえ私の話に耳を傾け母と兄を捕まえた。つまり、兄のあの幸福な時間を断ち切ったのは、私だったというわけだ――」

マリアンナは驚いて首を振った。

「そんな、違います！　それは違います、レオナルド！　あなたのせいじゃない！」

告げ口をするつもりだったとはいえ、幼い子供が父に喋っただけのことだ。

「それに、失踪してしまったお母さまとレイナートを心配して、邸中が大変だったのでしょう？　いつかは、破られる幸福だったのですもの……」

そこまで言って、マリアンナはいつだったかレイナートが言った言葉を思い出した。

『この幸福な時が、いつかは終わりを迎えることを』

そうだ。レイナートとて、分かっていたはずだ。

母に連れられ逃げていても、そうしていられる時は永遠に続かないのだと。逃げるという行為が、それを証明しているようなものだから。

「レイナートだって、きっと分かっているはずです」

自分を責めて欲しくなくてそう言うと、レオナルドは力なく頭を振った。

「いや……仮にそうだとしても、私とレイナートの間には、埋められない深さの溝が、既にできてしまっていたのだ。私が告げ口をしたと知ったレイナートは激高し、母と、そしてお前と引き離してしまった私を一生恨み続けると言った。それだけではない。自分を捨てたグロスター公爵家を、いつか必ず滅ぼしてみせると言ったのだ」

「――――そんな！」

「私はそれが戯言などではなく、本気の言葉なのだと分かっていた。いがみ合っていたとはいえ……いや、いがみ合っていたからこそ、かな。レイナートが本気で私を潰そうとすると、確信していた。そして実際にその通りになった。レイナートは次期教皇となり、教会でどんどん権力を手にしていった。そしてそのコネクションを使って、あの手この手で私をトラブルに巻き込もうとしてきた。貴族同士の痴情の縺《もつ》れから、麻薬の取り引きなどもあったな」

淡々と語るレオナルドに、マリアンナはもうかける言葉も見つからなかった。

——麻薬の取り引きだなんて……。

使う人間の心も身体も蝕む麻薬は、この国では厳しく禁じられている最たるものだ。その売買に巻き込まれたりなどすれば、投獄で済めばかなり軽い方。国外追放か、極刑は当たり前だと考えられている。

——血の繋がった家族を、そんな恐ろしい罠にかけようとするなんて。

レイナートはそこまで本気だったのだと思うと、その憎しみにゾッと背筋が凍った。

「だから私は、政界と社交界で、レイナートに負けないだけの権力とコネクションを身に着けなくてはいけなかった。レイナートが仕掛けてくる罠を回避し防御するために、その弱みを見つけるために探りを入れるのが習慣になってしまっていた。そんな中だった。レイナートが定期的に様子を窺っているという貴族の娘のことを知ったのは」

レオナルドがその漆黒の眼差しを、まっすぐにこちらへ向けた。

「——それが……」

「そう、お前だ」

その肯定を聞いて、改めてマリアンナは身震いした。

レイナートが自分に固執しているのは、今までの経緯で分かってはいたつもりだったが、それでも自分の知らないところで見られたり調べられたりしていたのだと思うと、やはり込み上げてくる嫌悪感は拭えなかった。

「レイナートが執着しているのがレイヴンズバーグ子爵の令嬢だと聞いて、私はすぐにあの少女だと分かった。母とレイナートがかつて逃げた土地が、レイヴンズバーグ領だったからだ。そしてレイナートが、お前を手に入れようとしているのだ、ということも。結婚のできないあいつがお前を手に入れるには、愛人にするしかない。まだうら若き貴族の子女をそんな目に遭わせるわけにはいかないと、私はレイヴンズバーグ子爵と話をするために、その領地へと向かったんだ」

「お父さまと!?」

そんな話は初耳だった。

もし自分に関わることでレオナルドのような目立つ貴族が接触してきていたならば、必ず話題に上がりそうなものだったが、マリアンナが社交界デビューするまで、レオナルドの名が実家で上がることはなかった。

「ああ。その令嬢に、結婚を申し込むつもりだった」

「――ええ!?」

あまりに飛躍した内容に、さすがにマリアンナは声を上げた。

だがレオナルドは真剣な表情を崩さなかった。

「そうだ。レイナートの手から守るには、私と結婚するのが一番いい方法だったから。私の名があれば、レイナートがどんな手を使って来ても、守ってやれる。世間的にも法律的にも、お前を守る最も正当な人物が私ということになるのだから」

「そ、それはそうかもしれないけれど……。でも、面識もなかったのに！」

「面識がなくとも、レイナートがその狂った執着で誰かの人生を台無しにしようとするのであれば、全力でそれを防ぐのが、私の役割だ。レイナートの中に狂気を呼び込んでしまったのは、私だから」

迷いのない眼でそう告げるレオナルドに、マリアンナは思わず眉を顰めた。

レオナルドがレイナートに対して抱いている罪悪感と責任感は立派だと思う。けれども、そのために結婚を申し込まれたって、まったく嬉しくない。

「でも、わたしは知らないわ。あなたが結婚の申し込みに来ただなんて話は」

レオナルドが結婚を強要してきたのは、ついこの間だ。しかも父には事後承諾の形を取らせていたはずだ。

「そうだ。結局、私は子爵邸には行かなかったから。いや、行けなくなった、が正しいかな。ずぶ濡れになってしまったのだから」

「え……」

『ずぶ濡れ』の言葉に、ドキリとしたマリアンナに、レオナルドは悪戯っぽく笑ってその唇にキスを落とした。

「レイヴンズバーグ子爵に会う前に、私は湖でかわいい小鳥に出会って心を奪われてしまったんだ。その小鳥を一目で愛してしまったから、他の女性と結婚などできないと思い、引き返したんだ」

「な……！」

途端に、驚きと嬉しさで胸がいっぱいになったが、その言葉を信じるには、まだ疑問が解決していない。にやけそうになる口元をグッと引き締めてレオナルドを睨む。

するとレオナルドもニヤリと笑った。

「分かっている。信じられないと言うんだろう？　続きがあるから、もう少し待ってくれ。結局子爵にも会わずに帰った私は、レイナートすらそっちのけでお前のことばかり考えていた。恰好をつけて名前も聞かず別れてしまったと後悔し、どうしたらもう一度会えるか、明日にはまたあの湖に行って彼女を探そう、などとワクワクしながら考えているところへ、あの女狐……エイローズが現れた」

エイローズ――クイーンズベリー侯爵未亡人の名前が出てきて、マリアンナは身体を強張らせた。腕の中で身を固くしたのが分かったのだろう、レオナルドは溜息をついて、マリアンナの背を優しく撫でた。

「……お前が疑っているのは分かっている。だが、信じて欲しい。彼女とそういう関係になったことは一度もない」

マリアンナの目をまっすぐに見てそう告げるレオナルドの表情には、切羽詰まったような真剣さがあった。その目に浮かぶ真摯な色を見つめる内に、マリアンナはふと気付いた。

――そうだ。何度も酷いことを言われてきたが、この人は嘘を言ったことは一度もない。

あの脅迫結婚の時すら、レオナルドは嘘を言わなかった。

――この人は、わたしに嘘をつかない。

そう思えたマリアンナは、レオナルドの目を見つめたまま、しっかりと頷いた。

レオナルドは目を瞠ったものの、すぐにふわりと破顔した。そして腕の中のマリアンナをぎゅっと抱き締め、心底安堵したように囁く。

「……ありがとう、マリアンナ」

温かい腕の中でフルフルと首を振り、マリアンナは先を促した。

「それで？　クイーンズベリー侯爵未亡人が？」

「……ああ。彼女の出身が現教皇の生家だということは知っているか？」

問われて、マリアンナは首を振った。

「エイローズは現教皇セレンティウスの姪にあたる。だから彼女は社交界でもあれほどの権力を持っているんだ」

「……なる、ほど……」

言われて初めて、マリアンナは納得した。

クイーンズベリー侯爵未亡人は二十八歳くらいだろう。社交界に影響力を持つのは、ほとんどが老人とも言うべき年齢の人間ばかりだ。それなのに、まだ年若い彼女があれほど力を持っているのは、そういった理由からだったのだ。

「私はレイナートが次期教皇となってしまったことに大きな不安を抱えていた。あれほど歪んだ性質を持つ兄が、人の道徳の象徴でもある教皇という地位に立つなど、どう考えても無理があるからだ。だが我がグロスター公爵家は、レイナートを連れて母が失踪してしまった事件から教皇の不興を買い、一切の繋がりを断絶されてしまっていた。だから、エイローズにそのパイプ役になってもらうため、以前から彼女に近づいていたんだ」

黙ったまま話を聞くマリアンナに、レオナルドは何かを確かめるように、腕の中のぬくもりを抱き直す。その仕草で、これがレオナルドにとって話していて苦痛を伴うものなのだと分かった。

「親しくなっていく内に、彼女が私とそういう関係になりたがっていると分かってきた。事を複雑にしないため、私は極力勘違いしないように釘を刺していたつもりだったのだが、踏み込ませない私に業を煮やしたのだろう。彼女は取り引きを持ちかけて来たんだ」

「取り引き？」

「そう。彼女は社交界での自分の地位に誇りを持っている。自分の恋人はそれなりの地位と評判を持つ男でなくてはならないと考えていて、私が最適なのだと言った。恋人になるのならば、教皇へのパイプ役を果たそうと、そう言われた」

「――それで、あなたは……」

マリアンナは吐き気がした。いくら過去とは言え、レオナルドがあの侯爵未亡人を抱いているのを想像して、身体中の血が逆流するのを感じた。

思わず身を捩って腕の中から逃れようとしたマリアンナを、レオナルドが強く抱き締めて閉じ込める。

「聞いてくれ。私は断った。心に決めた女性がいるから、それには応じられないと」

「でもあなたはあの人と一緒にいたではないですか！」

反射的にマリアンナは叫んだ。

そうだ。あの社交界で、レオナルドが現れれば必ずエイローズが寄り添っていて、二人一緒にいるのが当たり前だった。

「そうだ。私が断ると、彼女は見せかけだけでいいと言ったんだ。恋人である振りをするだけで、社交界での自分の面子《めんつ》は保てるから、と。どうやら私を落とせるか否か、ご婦人方の間で賭けをされていたらしい。だから私はそれを受けた。レイナートを止める必要があったし、お前のことは、あの近くの村の娘だとばかり思っていたから、すべてが片付いてから探しに行こうと思っていたんだ」

そう言われて、マリアンナは気付いた。

――わたしがあの紳士が誰か分からなかったように、レオナルドもまたわたしを知らなかったのだわ……。

よく考えれば、まさか湖を裸で泳ぐような女が、貴族であるなどと思うはずがない。今更ながら自分の行動の無恥さに顔から火が出る思いがした。

「だから、村娘だとばかり思っていたあの小鳥が、デビュタントとして社交界に現れた時には、本当に度肝を抜かれたよ。更に最悪なのは、よりにもよってレイナートが執着している、あのレイヴンズバーグ子爵の令嬢だったということだ。目の前が真っ暗になったよ。護らなくてはと思っていた対象が想い人で、レイナートに捕まえてくださいと言わんばかりのところまでノコノコとやって来ている。オマケに私はお前を護ろうにも、嫉妬深いエイローズが常に傍にいて身動きが取れない。それでも、お前に危険を伝えようと試みたんだ。……いや、それは口実だな。私はお前にただ近づきたかった。湖で出会ったあの小鳥と、もう一度話をしたかった……」

レオナルドはそこで言葉を切って、ぎゅ、とマリアンナを抱き締める腕に力を込めた。その力は驚くほど強く、マリアンナは痛みに声を上げた。

「いた……！　レオナルド、痛い……」

「それなのに、お前は覚えていなかった」

低く唸るように呟かれ、マリアンナはギョッとした。

同じ会話を、レイナートともした気がする。あの時もそれを根に持たれていたのかと驚いたが、まさかレオナルドにも同じ感想を抱くことになるとは……。

――この二人、似ていないというけれど、実はそっくりなのでは……？

「私は愕然とした。私をあれほど震撼させ、運命を感じさせたあの出会いも、お前にとっては日常に埋没する些細なことでしかなかったのだと思うと、情けないと同時にどうしようもなく腹が立った。そして気付けば、あんなことを口にしてしまっていた」

『まだ男のように、馬に跨っているのかい、マリアンナ嬢』


忘れもしないその台詞を、マリアンナはこの時初めて痛みを伴わずに思い出せた。

好きな子を虐めたいのが男だ――とは、誰の言葉だったか。

笑えばいいのか呆れればいいのか、もしくはその頬を張り倒せばいいのか、判断をしかねながらマリアンナは言った。

「いいえ、ちゃんと覚えていたわ。あのモーニングコートを見たでしょう？」

「では、わざと私を忘れたフリをしたということか？」

拗ねたような物言いに、とうとうマリアンナは吹き出した。

「違います！　わたしは、あの時の紳士の顔を見ていなかったの！　だって……わたしは裸だったし、自分の顔を見られては困ると思っていたから、敢えてあなたを見ないように顔を背けていたのだもの！」

クスクスと笑いながらそう答えれば、ぎゅうぎゅうと締め付けていたレオナルドの腕が、ようやく緩んだ。

「……なるほど……」

マリアンナは拘束が解けて、やっと動かせるようになった手を伸ばして、レオナルドの頬に触れた。

端整な美貌が、こちらを柔らかく見下ろしていた。その甘く煌めく漆黒の瞳を見つめ返し、マリアンナは微笑んだ。

「でも、わたしもあなたを探そうと思っていたんです」

「……それは、あのコートを返そうと思って？」

「それもあるけれど……」

マリアンナは呟きながら、目の前の美しい男性に顔を寄せた。

「……わたしもあの時、湖で会った紳士に、恋をしたから……」

レオナルドの目が驚きに見開かれた。そして蕩けるような色を滲ませて、瞼が僅かに伏せられる。それを確認して、マリアンナは彼の唇に自分のそれを重ねた。

柔らかな感触。

唇と唇を擦り合わせるように幾度か重ねた後、マリアンナはレオナルドのそれをなぞるように舐めた。まるでそれが合図だとでも言うように歯列が開いて、レオナルドの舌が迎えに来た。招き入れられた熱い口内で、絡ませ、絡められ、吐息と唾液を混ぜ合わせていく内に、マリアンナの身体に、ぽつ、ぽつ、ぽつと蝋燭の火が灯るように、温かな快楽が宿っていく。

それは今までで一番優しいキスだった。

レオナルドはいつだって、どこか切羽詰まったようにマリアンナを求め、キスにしても性急さを隠し切れていなかった。それはマリアンナの気持ちを手に入れていないという焦りからくるものだったのかもしれない。だがこうして心を通わせ合った今、レオナルドのキスから感じるのは、穏やかで満たされた愛情だった。

息が切れる前に解放され、互いにその瞳を見つめ合っていると、不意にレオナルドが厳かに囁いた。

「——初めて、お前からキスをもらった」

マリアンナは首を傾げた。

「そうだったかしら？」

「そうだよ」

あまりにも真剣に言うので、マリアンナは笑った。

「そんなに重要なこと？」

「当たり前だ。少なくとも、私にとっては」

憤慨したようにそう言い、レオナルドはマリアンナをそのまま後ろへと押し倒した。ぼす、と柔らかなクッションを背後に感じ、マリアンナが目を開ければ、美神にも喩えられる美貌が、情欲を孕んでこちらを見下ろしていた。

「マリアンナ……」

熱っぽく名を呼ばれ、マリアンナは慌ててその唇を手で塞ぐ。

「ダメ！　まだ全部説明してもらっていないもの！」

「後に……」

「ダメ!!」

きつく睨み上げれば、レオナルドは眉を顰めたものの、溜息をついてゴロリとマリアンナの隣に横たわった。

「どこまで話したかな?」

「あなたが社交界でわたしに酷いことを言うところまで」

レオナルドはもう一度深く溜息をついた。

「……ああ、そうだった。暴言を後悔したものの、私はそれが最も良い方法だと気付いたんだ」

「良い方法?」

「そう、王都からお前を移動させる方法だ。王都にいればいつレイナートに攫われてもおかしくなかった。次期教皇であるレイナートは王都から動けない。お前をレイナートの手の届かない場所へ行かせたかった。それに、あの女狐が、私の目の届かないところでお前に悪さをしようと画策していたから――覚えているか? ダルトンを」

問われてマリアンナは久々にその名を思い出した。

あの社交界で唯一優しくしてくれたけれども、レオナルドに睨まれてアッサリと掌を返した人だった。今となっては顔すらもよく覚えていなかったが、マリアンナは頷いた。

「ええ、覚えています」

「あいつは、エイローズを妄信している取り巻きの一人だ」

「え！」

マリアンナは驚いた。ダルトン卿は侯爵未亡人の暴挙を非難さえしていたというのに！

「エイローズはああいった輩を使って、お前を凌辱させようとしていた。お前の評判を徹底的に貶めるつもりだったのだろう」

レオナルドの語る事実に、マリアンナは心底恐怖を覚えた。

そこまで憎まれていたのだと思うと、今更ながらあの女性の怖さに戦慄した。

「そ、そんな……！　そんな酷いことを、本当に……!?」

レオナルドは、震えるマリアンナを宥めるように抱き締めた。

「あの女は目的のためなら何でもやるだろう。それこそ、人殺しとて厭わない。そういう人間なんだ。ダルトンをお前にけしかけたと分かった時、これ以上王都でお前を守るのは難しいと分かった。それで私は、お前を社交界から追い出すと決めたんだ」

マリアンナはあっと思う。

確かにその方法ならば、纏わり付くクイーンズベリー侯爵未亡人をも欺ける。

レイナートを退ける唯一の道である、現教皇へのパイプを残しつつ、マリアンナを護るための――。

「お前をレイヴンズバーグへ帰して安心した私は、エイローズを通じて働きかけたのだが、教皇が頑固で、ことはなかなか進まなかった。エイローズが情報の出し惜しみをしていたせいもあるが……。遅々として進まぬ事態に苛立っていた時、レイナートが秘密裏に神父を装いレイヴンズバーグへ派遣されていると知り、本当に胆《きも》が冷えた。そして、あとはお前も知っている通りだ」

「……突然わたしの前に現れ、強迫して結婚に持ち込んだ」

マリアンナが後を引き継げば、レオナルドは苦笑した。

「その通りだな」

——そうだったの……。

すべては、マリアンナのためだったのだ。

「あなた……馬鹿よ」

込み上げる想いに、声が掠れた。

「どうして、そんなことができるの……?」

人を愛せば、自分と同じだけの想いを相手にも返して欲しいと思って当たり前だ。それなのに、レオナルドはそれを求めなかったばかりか、真逆に嫌われるような真似までやってのけたのだ。

自分の想いを置き去りにしてでも、マリアンナを護ろうと。

またもや泣き出したマリアンナを、レオナルドが優しく抱き締めた。

「いいんだ。確かにあの頃は辛かったが、今こうしてお前を腕に抱いていられるのだから。それに——」

そこで言葉を切って黙ってしまったので、マリアンナは不思議になってその顔を覗き込んだ。目が合うと、レオナルドは自嘲めいた笑みを漏らした。

「……私は、憎しみに満ちた目でお前に睨まれるのが、嫌いではなかった」

「――!?」

「お前もいけないんだ、マリアンナ。あんな顔をするから」

「え？」

「社交界で再会したあの時、お前は涙に潤んだ翡翠の瞳で、私の中の悪魔を呼び起こしてしまったのだから」

「悪魔？」

一体何を言い出すのかと、マリアンナは眉を顰める。

マリアンナがいつレオナルドの悪魔など呼び起こしたと言うのか。

するとレオナルドはくつりと喉を鳴らしてマリアンナの顎を摘まんだ。

それはマリアンナを貶めて楽しんでいた、あの社交界の悪魔の顔だった。

ギョッとして身を竦ませるマリアンナの視線を、レオナルドはこの上なく甘い微笑で絡め取る。

「自覚がないのか？　そんなに愛らしく怯えてみせれば、人の嗜虐心を煽るばかりだというのに、まったくお前には困ったものだな。世の中には、あどけなく、無垢なものを穢して壊したいという類の人間がいるんだ、マリアンナ。お前のような純粋で素直な乙女は、恰好の餌食だ」

「そ、そんな……」

あまりの発言に言葉を失えば、レオナルドは更に微笑みを深めた。

「あの社交界で声をかけた時、お前がその大きな翡翠の瞳を潤ませて、助けを求めるようにこちらを見た瞬間、私に歓喜が沸き溢れた。お前のその泣き顔を見たい。もっともっと泣かせて、その翡翠の眼が涙に赤く染まるまで。そのあどけない笑顔が、憎しみに歪むまで――」

マリアンナは絶句してレオナルドを凝視する。

どう考えてもまともな思考ではない。

愛する相手が、泣くのを見たい？

そんな愛情があるのだろうか？

レオナルドはとても深い眼差しで射抜く。その眼差しの、深く昏い海の水底のような色に、マリアンナは息を呑んだ。

――この色を、どこかで見た。

これは。この色は――。

あの金の瞳と、同じ――『狂気』……。

レオナルドは薄く笑い、固まったマリアンナの輪郭をなぞるように、ゆっくりと指を這わせる。

「たとえ憎しみであっても、お前の中に強く存在できるのなら、それも僥倖《ぎょうこう》だと思っていた。お前の中で私が一番大きな存在であれば、愛されなくとも、それで――」

レオナルドの漆黒の瞳の中にある光に、ぞくりと震えが背筋を走り抜けた。

だがそれは、レイナートの時とは違う震えだ。

マリアンナは、微笑んだ。

――これは、歓喜。

そう、わたしは喜んでいる。

わたしへと向けられる、レオナルドの狂気を。

それがレイナートと同じ類のものでも、それでもわたしはそれを喜んで受け取ろう。

「あなたは、わたしのものよ」

想いはするりと口から滑り出た。

――そうだ、この男はわたしのものだ。

この目も髪も、手も、指も、皮膚も、その下に流れる熱い血ですら、すべてわたしのために創られた、唯一の存在。

「あなたはわたしのもの」

マリアンナは繰り返した。

レオナルドは黙ったまま、静かな表情でマリアンナを見つめている。

「だから、全部わたしにください。あなたのすべて」

その想いも、欲望も、願望も――その狂気すらも。

すべてを受け止めるから、明け渡して。

わたしは自分のすべてを開いて、あなたを受け入れるから。

「あなたを愛しています」

両腕を広げてそう告げたマリアンナに、レオナルドは花が綻ぶような笑みを浮かべて、その白いかいなの中に身を沈めた。

「仰せのままに。私の小鳥――」

*

レオナルドの荒い呼吸が耳介を掠める。

熱く、忙しなく求める呼気。

ぞくりと震えが背筋を駆け抜けた。

その震えの奥にある、麻薬のような快楽を、マリアンナはもう知っている。

そして、自分の身体がその快楽を欲しがっているのを、レオナルドも知っている。

恥知らずなその疼きを、マリアンナの血液に、神経に、植え付けるように教え込んだのが、他ならぬこの男なのだから。

大きな手がマリアンナの尻を摑み、軽々と引き寄せて胡坐をかいた自分の膝に乗せた。長身のレオナルドと、小柄なマリアンナとでは、これで同じくらいの目線となる。目を合わせる。

レオナルドの黒い瞳が欲情に濡れて、黒曜石のようにギラギラと光っている。その色が雄弁に語る想いに、マリアンナは歓喜で胸が沸き立った。

欲しいと飢えるその眼が、どうしようもなく愛しい。

「好きよ」

微笑んでそう告げれば、レオナルドが何かを堪えるように眉を顰めた。

「……煽《あお》るな。堪えるのに、必死なんだぞ。こっちは」

まるで獣が唸るような声で応える夫に、マリアンナはクスクス笑いが止まらなかった。

「だって本当のことだもの」

好きで好きで堪らない。

レオナルドへの想いがはち切れんばかりに溢れ出てきて、自分でも止められないのだ。

高揚した気分のまま、自らレオナルドの首に腕を絡めるマリアンナに、レオナルドは苛立ったように唸った。

そして何も言うなとばかりに、貪るようなキスをしてきた。

マリアンナの両唇を丸ごと食べるかのように食らいつき、ねっとりと舐め上げると、その舌がぬっと口内に侵入する。

侵すようなキスだった。

マリアンナに自分の色を塗り込んで、一分の隙もなく埋め尽くしたい――キスをされる度、重なる粘膜から伝わるその意志は、多分勘違いなどではない。

傲慢で、独占的で、滑稽なまでに、一途。

――どうしてわたしなんかをこんなにも欲しがるのか。

マリアンナにとってのその疑問は、もしかしたらレオナルド自身にとってもそうなのかもしれない。

――それが、恋だから。

恋はするものじゃない。

堕ちるものだ。

それが、レイナートではダメで、レオナルドでなくてはいけなかった理由。

レイナートはレオナルドじゃなかった。それだけなのだ。

マリアンナが恋をしたのは、レオナルドだったから。

――レイナート……。

閉じ込められさんざんな思いをしたにもかかわらず、マリアンナの脳裏に過るのは、哀しく切なげに笑うレイナートの顔だった。

狂気に蝕まれてはいたけれど、レイナートは確かに自分を愛してくれていた。

もし、レオナルドと出会っていなければ。

そしてレイナートとレオナルドが双子でなければ、その純粋過ぎるまでの愛を、受け止めていたかもしれない。

　けれども、『もし』は仮定でしかなく、現実が変わるはずもない。
　埒もないことを考えていると、レオナルドがマリアンナの後ろ髪をグイと掴んで、おと

がいを反らせた。
「あっ……」

　乱暴な所作に、マリアンナは少し怯えて声を上げた。レオナルドは強引ではあっても、

乱暴であったことはない。
　自分に覆い被さっているその顔を見上げれば、意外にもそこにあったのは微笑だった。

「何を考えていた？」
「……何も？」

　麗しいその笑みに不穏なものを感じ、マリアンナは曖昧に笑って誤魔化そうとした。こ

こでレイナートの名を出すのは不正解だと本能が告げていた。
「へぇ？」

　レオナルドはその笑みのまま、剝き出しの白い項にツッと長い指を這わせた。首筋の輪

郭を楽しむようにゆっくりとその指を下へと滑らせていく。
「……ぁっ……」

　マリアンナは震えそうになる呼吸を懸命に堪えながら、じっとその行為に耐えた。愛撫

に引きずり出された熱が、下腹部に熟《う》む。レオナルドに教え込まれた快楽の予兆に、身体が期待ではち切れそうだった。

ところがその指はすっと横に逸れて肩に寄り道をしてしまった。期待が外れて眉間に皺を寄せるマリアンナに、レオナルドが鼻を鳴らした。

「そう簡単には、やらない」

齎された快楽の予兆に焦れ、どうして、という目を向ければ、レオナルドは口の端を上げた。

「事の最中に私以外のことを考える余裕などなくなるよう、徹底的に焦らしてやろう」

「そんな……！」

解消されない欲求不満に焦れて、レオナルドの唇を食もうと顎を動かした。レオナルドが自分にしたように、粘膜を合わせて彼の熱を引き出したかった。

マリアンナのそんな性急な行動に、レオナルドは愉快そうにくつくつと喉を転がす。すっと僅かに顔を背けてマリアンナのキスを避けた。

「ダメだ」

くぐもった声で笑いながら、マリアンナの肩に顔を埋める。

「――っ」

ひくん、と背中が跳ねた。

レオナルドが喉元に吸い付いたから。

痛い程に刻まれたその徴は、間違いなく普段見えてしまう場所にある。

怒って撥ねのけてもいいはずなのに、マリアンナの身体は、レオナルドの灯す快楽の熾火にすっかり火照り切ってしまっていた。

――欲しい。もっと。もっと。

レオナルドは痕をつけた場所を舌で舐め上げたり、歯を立てたりして楽しんでいるようだった。

けれどマリアンナはもっと違う場所にいろいろと触れて欲しかった。もどかしくレオナルドの片手を摑むと、その掌にキスをした。

マリアンナの顔を覆い尽くしてしまうくらい、大きくて骨張ったその手。今全身に蔓延《はびこ》る毒のような欲求が少しでも伝わるように、唇で、何度も何度も啄《ついば》んだ。

「お願い……」

漏れ出たその呟きは、情けないまでに哀願だ。

その声に顔を上げたレオナルドの顔は、もう嬉しくて堪らないという悪戯《イタズラ》なものだった。

「何を？」

そんなこと、聞かなくても分かっているくせに。

マリアンナが睨めば、レオナルドはふるりと揺れるまろやかな双丘に両手を這わせる。

下から掬い上げるように持ち上げて、既にツンと立った頂の片方をパクリと口に咥えた。

「んっ、……あっ」

びくん、と肩を揺らして反応すると、レオナルドの黒い瞳がこちらを見上げた。そして赤い舌を出して、見せつけるかのように乳首を舐めしゃぶり出した。

「あっ、やっ……あ、ぁん、んんっ……だめぇ……！」

「ダメ？」

嬌声の言葉尻を捉えて、レオナルドが嘲笑した。

弄られすっかり充血してしまった蕾から口を離し、快楽に顔を歪めるマリアンナの顎をベロリと舐め上げる。

レオナルドの舌から解放された蕾は、けれどすぐに骨張った指に捕われて、くりくりと捏ね回されている。

「お前は嘘つきだな。こんなにも貪欲に悦んでいるくせに」

「やぁっ……！」

レオナルドのもう片方の手まで動き出し、まだ弄られていない蕾を同じようにされて、マリアンナは身を捩って啼いた。

「あ、ぁあ、ん、ああっ……」

「ホラ、もう物欲しそうに腰を揺らしているくせに……本当に、清らかな少女のような顔をして、なんていやらしいんだ、マリアンナ」

淫らな言葉を、低く甘く囁きかけられる度、マリアンナの中で欲望の熱がどんどんと高まっていく。レオナルドの一言一言に、下腹部が疼き、ひくん、ひくんと身を揺らす。

「あ、も、れぉなるど……！」

レオナルドの繰り出す快楽の嵐に揉まれ、マリアンナの理性は次第に蜂蜜のように蕩けていく。

「もっと……！　おねがぃ……！」

身体に籠もる快感に耐えられなくなり、マリアンナはレオナルドの頭を掻き抱いてその顔中にキスを降らせる。

熱に浮かされたマリアンナの懇願に、レオナルドが一瞬ぎゅ、と目を閉じた。

左手でマリアンナの顎を摑み上げると、嚙み付くようにキスをしてきた。

舌を絡ませ、吸われる強さは痛いほどで。

目まぐるしく動き回る肉厚の舌に、マリアンナは翻弄されて眩暈を起こしそうだった。

呼吸の隙すら与えられず、息が苦しい。飲み込めない唾液が口の端から流れた。

「はっ……あ、まって、レオナルド……」

「待たない」

あまりのキスの激しさに制止の声を上げたが、レオナルドは一蹴する。再び唇が塞がれ、その手がマリアンナの脚の付け根を探る。

レオナルドの指が赤い茂みを掻き分けると、マリアンナはびくんと身を揺らした。

キスの合間に、レオナルドがフッと笑う。

「もうぐしょぐしょだな……」

マリアンナは羞恥にカッと頬を染めたが、それよりも身体に巣くう麻薬のような快楽の方が勝った。

「やだぁ、レオ……！　も、おねがぃ……」

マリアンナは翡翠の瞳に涙を浮かべて、逞しい胸に縋る。

助けて欲しかった。この身悶えするような疼きを、早く何とかして欲しい。

「も、おかしくなってしま……！」

こちらはもう半狂乱だというのに、レオナルドはそんな様子をうっとりと見つめる。

「ああ……なんて愛らしいんだ、マリアンナ……。おかしくなってしまえ！　私の舌で、指で、もっともっとよがり狂えばいい……！」

「やぁあ……！」

朦朧とする意識の中、それでもマリアンナはイヤイヤと首を振る。

これ以上おかしくなったら、本当にどうにかなってしまう。

それなのにレオナルドは、マリアンナの中に狂気を呼び込もうとするかのように、足の付け根を弄っていた指を淫らに動かし始める。

レオナルドの言う通り、これまでの愛撫で既に蜜を零していた秘裂は、すんなりとその指の侵入を許してしまう。

くちゅ、ぴちゃ、という粘着質の水音が聞こえる。それを恥ずかしいと思っている自分は確かにいるはずなのに、どこか遠い。

マリアンナの中を傍若無人に蠢く指が二本に増やされる。卑猥な肉襞を掻き分けたり擦ったりを繰り返しながら、それでいてマリアンナの欲しい場所にだけはその刺激を与えてくれない。

「やぁ、もっ……」

熱は高まる一方なのに、弾ける瞬間は一向に訪れない。その欲求不満に身悶えしていると、クスリと忍び笑いが鼓膜を掠めて、レオナルドの親指が秘裂の上の花芯を一撫でした。

「ひぁっ……！」

身が反り返るほど、身体が歓喜した。

後ろに倒れそうになるのを、レオナルドの片腕が抱き止めて阻止する。

最も敏感なその芽に与えられたその刺激に、マリアンナが半狂乱で頭を振った。

「あ、あ！　もっと！　おねが、もっとぉお！」

それなのにレオナルドは笑うばかりで、欲しい快楽を与えてはくれない。

辿り着けない中途半端な場所だけを弄られ続け、マリアンナはもう何が何だか分からなくなっていた。曖昧な快楽に浸されて、白く紅く、視界が濁っていく。

「あ、あっ、ふ、ひぃんっ、あ」

ギリギリと張り詰めた楽器の弦をかき鳴らすように、レオナルドの指が爪弾く。マリアンナはそれに合わせて情けない声を上げ、あられもなく身を揺らすしかできなかった。

「ああ、どんどん蜜が溢れてくる……もう私の手首までびっしょりだ」

レオナルドは甘い声で囁き、マリアンナの耳介をれろりと舐め上げる。

「んは……！」

ひくん、とまた腰が動く。

レオナルドが耳を食んだまま、くくっと喉の奥を震わせた。

「欲しいか？　マリアンナ。我慢できない？」

——我慢？　そんなもの。

「でき、なぃ……！　おねが……ァあっ！」

最後が悲鳴になったのは、レオナルドの指が一点を掠めたから。充血し触れてくれと言わんばかりに膨れ上がったその真珠を、レオナルドの親指が円を描くように撫でる。

「ぁ、あっ……ふ、あ、……ぁあ」

「気持ちいいなぁ、マリアンナ。お前はコレが大好きだからな。ああ、こんなにも私の指を締め付けて……本当に、どうしようもない淫乱だ」

甘い毒を注ぎ込むように囁かれ、マリアンナはずくんと下腹部を疼かせた。

レオナルドが身動きをして、熱く滾るものをひくつく蜜口に宛がった。その硬く逞しい感触に、マリアンナの身体中の血が歓喜に沸き立った。

身体が熱い。心臓が苦しい。

は、は、と浅い呼吸を繰り返して、マリアンナは快楽の涙に霞む目でレオナルドを見る。

レオナルドの顔が見たかった。

憎らしく、愛おしい、唯一無二の夫の顔を。

レオナルドは、秀麗な美貌を蕩けるように綻ばせて、まっすぐにマリアンナを見つめていた。

「レ……オ……」

喘ぐように名を呼べば、それに応えるかのように、レオナルドの昂ぶりの先端が、マリアンナの狭い空洞に入り込んだ。

「ひ、ぁっ……」

「マリアンナ。欲しいか？」

問われてマリアンナは、ここまで来て今更何を、と腹立たしさすら覚えつつ、叫び声で応えた。

「欲しい！　欲しいの!!　早く……」

「何が？　お前が欲しいのは、誰だ？」

同じ質問を繰り返され睨み上げたが、レオナルドの表情にはからかいの色は欠片もなかった。

レオナルドは、酷く真剣な顔をしていた。

マリアンナは驚きつつも、沸騰しそうな疼きに泣きながら答えた。

「レオナルドが欲しい」

「よくできたな」

静かな笑い声と同時に、マリアンナは重く熱く、一撃で貫かれた。

「ひ、ぁあああっ!!」

その一突きで、白い火花を見る。

「……くっ……!」

レオナルドが何かを堪えるように呻き声を上げて全身を強張らせたが、マリアンナはそれどころではなかった。

身体中が、不随意の肉塊になってしまったかのよう。涙も汗も涎も、そして快楽の蜜液すらもすべて蛇口のように垂れ流し、皮膚も筋肉も神経も全部レオナルドによって支配される。

そんな感覚だった。

自分の虚《うつ》ろを埋めている、レオナルドの熱く硬いもの。それに向かってマリアンナのすべてが集中している。

「……ハッ、マリアンナ、締め過ぎっ……力を抜け……!」

レオナルドが苦しげに呻いた。

「むりぃ……」

マリアンナは泣きながら弱々しく首を振った。

ビクビクと中が収斂し、レオナルドを締め付けているのが分かったけれど、それをどうにかする術がなかった。

「くそっ……」

レオナルドが短く罵り、くったりと身を弛緩させてもたれるマリアンナの額に啄むようなキスを落とした。

「無理をさせて、悪かった」

優しい語調は真摯なもので、マリアンナは曖昧に漂わせていた焦点を、意図して彼に当てようと力を込めた。ぼんやりとした視界は定まり、レオナルドの端整な顔がはっきりと見える。

レオナルドは心配そうに眉を寄せている。こちらにまっすぐに向けられたその黒い瞳に、不意に温かい感情が込み上げた。

その感情の心地好さに、マリアンナは恍惚とした。

「……いいの。無理なんかじゃないから。もっと、もっとちょうだい」

その精悍な頬を両手で包み込んでうっすらと微笑めば、レオナルドがくしゃりと顔を歪めた。

「……マリアンナ……！」

レオナルドは叫ぶようにそう言って、律動を再開した。

「あ、あ……あ、あぁっ、ひぁん、んっ……！」

叩きつけるように奥の奥を何度も穿たれ、マリアンナはオモチャのように啼いた。

硬い切っ先に子宮口を抉られると、最初は重く鈍い痛みに見舞われるが、その痛みはいつの間にか痺れるような快楽へと取って代わる。

「ぅあん、あ、ぁあっ」

一度達した名残から抜け出せないまま、更に烈《はげ》しい火のような熱を送り込まれ、マリアンナの中に籠もった愉悦はキリキリと舞い上がるように上昇していく。

何かを欲するマリアンナの内部が、刺激に充血して膨れた子宮口を、ぐっと下に押し下げる。レオナルドがその先を突き破ろうと更に烈しく加速する。

「ああ……マリアンナ！　愛してる……愛している!!　……っ」

「は、ぁあっ、ふぁ、んんっ、あぁぁあっ」

卑猥な水音が部屋をこだましている。自分たちが発する熱で、部屋の空気が淫らだ。

「ああ、気持ちいい、マリアンナ……私の小鳥。ずっとこのまま、お前の中にいたい……」

熱に浮かされたような睦言に、マリアンナは心から同意した。

ずっとこのままでいたい。

レオナルドとわたし、境界線を越えたお互いを感じたまま、一つになれたらいい。

マリアンナはレオナルドの首に腕を回して、抱き締めた。

レオナルドは強い力で抱き締め返してくれた。

「……やっと、手に入れた……！」

吐息と共に吐露されたその笑みの中には、募る恋情があった。

マリアンナは胸が痛くて、泣きそうになった。

——ずっと、そうやって想ってくれていたのね。

惹かれ合いながら、すれ違い続けてきた自分たち。

憎んでいると思っていた時ですら、忘れられなかった。ずっとずっと、あなたはわたしの胸に居座り続けた。

それが何故なのか、今ならもうわかる。わたしたちは互いが唯一無二。運命の相手だったから。

レオナルドがキスをした。

壊れ物に触れるような、酷く丁寧で優しいキスだった。

「もう二度と、逃がさない」

レオナルドが独りごちるようにそう呟いた次の瞬間、鋭く穿たれてマリアンナは喘いだ。

「いあぁっ」

「は、もう、お前の中……熱くて絡み付いてきて……溶かされそう、だ……！」

激しく抽送を繰り返すレオナルドのものが、中で更に質量を増した。

その時が近い、と頭のどこかで思いながら、マリアンナもまた浮遊する白い靄《もや》に身が漂い始めるのを感じていた。

「ぁ……あ、レオナルド！　も、わた、しっ……！　あ、またっ」

摑まっていなければ吹き飛ばされそうで、マリアンナはレオナルドに縋り付きながら叫んだ。

レオナルドもまた、細いマリアンナの肢体をしがみ付くように抱き締め、唸り声をあげる。

「そのまま達《い》け！　私も、もう……！　一緒に……！　マリアンナっ」

レオナルドの全身の筋肉が強張って、震えた。その張り詰めた慄きに、マリアンナの悦びの糸が震え弾けた。

「あああああっ!!」

マリアンナは中でレオナルドがびくんびくんと痙攣するのを感じながら、自分もまた、熟み切った白い熱を解放したのだった――。

＊

「それで？　あの方の身柄がレイシック教皇庁にあるのは、確かなの？」

黒と赤の派手なドレスを、品良く着こなした美女が、応接室の長椅子にゆったりと腰掛けるレオナルドに詰め寄った。

苛立たしげな美女とは裏腹に、レオナルドはクリームを舐めた猫のように満足気だ。情事の後の気配を隠そうともせず、気怠い様子でどうでもよさそうに頷いた。

「ああ。教皇がそう約束してくれたからな。今頃は護送用の馬車に詰め込まれているところだろう」

フン、と鼻を鳴らすレオナルドに、いよいよ美女——エイローズが激高した。

「ちょっと！　あの方がそんな酷い目に遭っていらっしゃるというのに、あなたって最低な人間ね！　それでも血の繋がった弟なの⁉」

するとレオナルドは形の良い眉を大きく上げて失笑した。

「……君の厚顔無恥ぶりには、呆れを通り越して拍手を送りたくなるよ。その『あの方』を事実上の投獄に追い込んだ張本人が、よく言ったものだ」

レオナルドの厭味に、しかしエイローズは動じた様子はない。

肩を聳《そび》やかして冷笑を返すと、レオナルドの向かいの一人掛けの椅子に優雅に腰を下ろす。

「あら。わたくしのは、あの方のためにしたことだもの。子供染みた兄弟喧嘩の延長だったあなたと違って、わたくしはあの方への愛故の選択だったのよ。一緒にしないで頂きたいわ」

悪びれない様子のエイローズに、レオナルドは鼻白んだ。

——まったく、どこまでも自分本位の女狐が。

この女は、レオナルドと手を組んでいたくせに、レイナートに想いを向けられるマリアンナに嫉妬して、ダルトンのような小者を使って小細工を仕掛けてくるような卑劣な人間だ。

あの時レオナルドが気付いて止めなければ、あのもやしのような男にマリアンナの純潔を散らされていたかもしれないと思うと、今すぐその首を捻り上げたくなってしまう。

勿論ダルトンにはそれ相応の報いを受けてもらった。元々賭博癖のある男だったから、破滅へ導くのは簡単だった。

この女狐にも報復を、と思うものの、この女はレイナートを閉じ込めておく重要な鍵だ。あの執念深い兄は、放っておけばどんなことをしてでも、再びマリアンナのもとに現れる。

自分とまったく同じ性質を持つだけに、確信を持って言えた。

あの独り善がりの狂人である双子の兄とこの女は、案外お似合いなのかもしれない。

レオナルドは肩を竦めて、手にしていたグラスを呷った。

それを見たエイローズが、テーブルに置かれたブランデーの瓶に気付く。

「わたくしも頂いても？」

レオナルドが軽く首肯すれば、赤く塗った爪でいそいそとグラスに琥珀色の液体を注いだ。

「ああ、乾杯をすべきかしら？　結局のところ、わたくしたちは本当にうまくやったのだから！」

グラスを掲げて上機嫌で言う女に、レオナルドは申し訳程度にグラスを上げてやりながら、それにしても、と思う。

長年いがみ合ってきたレイナートを叩き潰すために近づいたこの侯爵未亡人は、エゴイズムの塊のような女だったが、実に良い駒となってくれた。

現教皇の姪であるエイローズは、典型的な甘やかされた貴族の令嬢で、欲しいと思ったものは手に入れなければ気が済まない傲慢な人間だった。その矛先がこちらに向けば厄介極まりないが、ありがたいことにそれは宿敵レイナートの方に向いてくれていた。

教皇に可愛がられていたエイローズは、十六の時に伯父を訊ねて教会本部にやって来た折に、教会に連れて来られたばかりのレイナートを見初めたらしい。レイナートはこの頃十二歳。天使のような容貌に一瞬で心を奪われたエイローズは、伯父にレイナートとの結婚をねだったが、当然ながら却下された。何しろ相手は『神の化身』とされる神聖な存在だ。いくら姪に甘い教皇とて、許すはずがない。

そしてまたレイナート自身も、エイローズを相手にしなかった。

ワガママな令嬢はその後もしばらく諦めずに周囲を困らせたようだったが、両親によってクイーンズベリー侯爵へと嫁がされた。

だが、一見収まったかのように見えたエイローズの恋着劇は、まだ終焉を迎えていなかったのだ。年の離れた夫を早くに亡くし未亡人となったエイローズは、伯父の権力を使ってレイナートへ懺悔を頼み込み、再び接触を持ち始めた。

自分の容姿に非常に自信を持っているこの侯爵未亡人は、レイナートと自分はいつか必ず結ばれる運命なのだと信じて疑っていない。

『今はまだ、あの方はご自分の運命を受け入れていらっしゃらないだけ。わたくしが傍にいて教えて差し上げれば、きっとすぐに目をお覚ましになるわ』

そう語るエイローズの異様な目の輝きに、ぞっとしたのは今も消しがたい記憶だ。

レイナートが執着する娘がいるということも、エイローズは早くから摑んでいたらしい。その娘が社交界にデビューすると知り、先手を打たなければと取り引きを持ちかけてきたのは、実はエイローズの方だった。

レイナートの権力を奪い、マリアンナから遠ざけたいレオナルドと、レイナートから聖職者の肩書きを奪い、マリアンナを遠ざけたいエイローズ。

利害は一致した。

そしてすべては計画通りに進んだ。

レイナートを北の僻地《へきち》へと追い込み、マリアンナを得ることに成功したレオナルドにとっては、この計画はもう終わりを迎えたが、エイローズにとってはこれからだ。

彼女はこの後、レイシック教皇庁からレイナートの身柄を引き取り、海を越えた隣国にある別荘で、二人の愛を育むことになっているらしい。

教皇としても、罪を犯した『神の化身』をいつまでも手元に残しておくのは不穏因子でしかなく、早く手放したいのが本音だろう。次期教皇は急な病のため外国にて療養中、とでもするのが妥当な線だ。

――それを、あのレイナートが良しとするかどうかは別の話だが。

それでも、この粘着質な女狐が、レイナートに逃げ道を与えるとは思えない。そういう意味では非常に信頼のおける人物だ。つまり、この女の蜘蛛の糸に絡めておけば、レオナルドたちがレイナートに煩わされる可能性は低いというわけだ。

レオナルドはにっこりと微笑んで、グラスを掲げ直した。今度は、しっかりと。

「君の最後の計画がうまくいくことを、心から祈ってるよ、レディ・エイローズ。君たちに幸あらんことを！」

心底からの言葉に、エイローズは一瞬怪訝そうな顔をしたものの、気を取り直したのか満面の笑みでグラスを掲げ返した。

「ありがとう。あなたにも、幸福を」

——そう、幸福を。レイナート。

レオナルドは、ここにはいない、美しい兄へと心の中で乾杯する。

レイナート。双子の兄。

私たちはお互いに憎み合っていたけれど、だがどこまでも双子だった。

欲しいもの、好きになるものはいつだって同じ。

絵本も玩具も、お気に入りの馬だってそうだった。

そして最たるものが、あの愛しいマリアンナだ。

あの幼い時に垣間見た光景で、レオナルドは嫉妬に煮えくり返った。

可愛らしく愛らしい赤毛の少女の手を握る兄への、怒りにも似た嫉妬。

——それは、僕のものだ！

何故お前が触っているんだ！　それは僕のためのものだ！

面識もない少女に所有権を主張するなど、呆れられこそすれ、到底納得されるものではない。それでも、理屈ではない本能のようなものが、叫んでいたのだ。

あの少女こそが、自分の運命なのだと。

そして恐らく、レイナートにとってもそうだったのだ。

マリアンナは、レイナートにとっても、運命だった。

だからこそ、絶対に奪われてはならなかった。単に引き離しただけでは、レイナートは再びマリアンナを手に入れるために現れる。自分だったらそうするからだ。

そうさせないために、完膚なきまでに叩き潰さねばならなかった。

そのレイナートを捕らえておく檻が、エイローズだ。

――狂った女の檻の中で、ゆっくりと狂気を深めていくといい、レイナート。

運命を失ったお前には、狂ってしまうのが幸福への一番の近道だから。

「私たちのどちらかが、狂わなければいけない運命だったのだよ、レイナート」

レオナルドはひっそりと兄へそう告げると、グラスの中の液体を喉へと流し込んだのだった。

エピローグ　逃げそこね

マリアンナは今日も愛馬サラマンダで森を駆ける。

けれども、以前と違うのは、必ず夫であるレオナルドと同乗していることだ。

以前は決してしてしなかった横乗りをして、自分を抱いてくれている夫の広い胸の中に身体を寄せる。

すぐさま抱き締めてくれる夫に、マリアンナは満足気に溜息をついた。

その吐息が白く流れていく。

冬がやって来ていた。

——あの人は、どうしているかしら。

マリアンナは冷たい風の向こうに、遠い北の土地に送られたというあの白金の髪の美しい人を想った。

アトロイオスの化身は流行病に倒れ、次期教皇の立場を辞退したと、教皇セレンティウスが発表した。噂では、病のためもう亡くなったとも、療養のために海を越えた暖かい隣国へと向かったとも言われているが、真実は定かではない。

けれども、彼が幸せでいてくれればと願わずにはいられない。

あの孤独な美しい人が、もう泣いたりしていませんように、と。

「何を考えている？」

ぼんやりと景色を眺めるマリアンナに、レオナルドが問いかけた。

彼女の夫は妻を愛し過ぎるが故に、時に酷く鋭いことがある。

レイナートのことを考えていたと分かれば、あっという間に機嫌をそこねると分かっているので、マリアンナはさりげなく不自然にならない話題を振った。

「あの湖は、もう凍ってしまっているかしら？」

マリアンナが落ちて以来、レオナルドはあの湖に連れて行ってはくれない。また落ちては大変だと言うけれど、あんな粗相はもうしたりしないのに。

「どうかな。雪が降ったから凍っているだろう」

「凍っているなら、もう水に落ちたりしないでしょう？」

そう提案してみるが、レオナルドはフンと鼻を鳴らしただけだった。

「氷が割れたらどうするんだ」

「もう落ちたりしないのに」

「どうだか。私の小鳥は目を離せば飛んで行ってしまうからな」

レオナルドは想いを伝え合った今もなお、マリアンナが逃げ出すのではないかと疑っている節がある。

どうしてそんな考えになるのかと、笑い出したくなってしまう。

マリアンナはこんなにもレオナルドを愛していて、満足しているというのに。

逃げ出すなんて、あり得ないのに。

——ああ、だけど。

とマリアンナは思う。

こんなふうに、レオナルドが捕まえていてくれるから、自分は安心してその腕の中にいられるのだ、と。

行き過ぎだと思える程のレオナルドの執着に慣れてしまったこの身には、強過ぎるその束縛が心地好くなってしまった。

マリアンナは、レオナルドの中にある狂気を知っている。

時にマリアンナを戸惑わせるくらいのその恋着は、泣いて懇願させることで満足するらしい。大抵その狂気はマリアンナを抱く時に顔を出すようで、最近では気が狂う程焦らされ、意識を失うまで攻められることもある。

次の日丸一日ベッドで過ごさなくてはならなくなり、本気でレオナルドを恨みたくもなるが、そんなレオナルドを愛しいと思ってしまうのも、また事実なのだ。

微笑みながら黙ったマリアンナに、レオナルドが憮然と呟いた。

「暖かくなったら、連れて行ってやる」

「え？」

湖の話題が続いていることに気が付いて、嬉しくなった。

逃げるつもりはないが、元々活発な性質のマリアンナにとって、湖への遠出は嬉しいものだったから。

「本当に？」

「泳いでも大丈夫な頃になったらな」

その台詞にもまたもや驚いた。連れて行ってくれるだけでも嬉しいのに、泳ぐことまで許してくれるなんて。

「泳いでもいいの？」

するとレオナルドはニヤリと笑った。

「裸でならな」

「んもう！」

あのレイヴンズバーグの湖での出会いを当てこすっているのだと分かり、マリアンナは憤慨して厚い胸板を叩いた。

レオナルドは声を上げて笑い、サラマンダを停めた。

まず自分がひらりと馬から下りると、両手を差し出してマリアンナを抱き下ろす。

その大きな両手が自分の腰から外されるが、マリアンナは離れずにその腕の中に寄り添った。

　レオナルドが微笑みながら訊ねる。

「もう逃げないのか？」

　冬の風に赤毛を靡かせながら、マリアンナは背後の夫に身を寄せて、同じように微笑みを返した。

「逃げません。……逃げそこねてしまったもの」

あとがき

はじめまして、春日部《かすかべ》こみとと申します。
このお話のヒーローは双子なのですが、私はどうも双子が好きなのか、双子の出てくる話ばかり書いています。しかも、二卵性の双子ばかり。何故でしょうかね？　あ、ちなみに双子も好きですが、腹黒とヤンデレはもっと好きです。なので今回は好きな物タッグとなった感じですね！（ヘンタイ）
さてさて、くだらない与太話はこれくらいにしておいて。
『執着・偏執的な愛』をテーマに、という、私垂涎《すいぜん》のレーベルであるソーニャ文庫さまのお仕事、本当に楽しんで書かせて頂きました。あたたかく的確なご指導をくださった担当Yさまには、もう足を向けて眠れません。夜な夜な拝む毎日です。ありがとうございます愛してます!!（やめろ） そしてイラストを担当してくださった、すらだまみさま！ 可愛らしいイラストに華血（萌え噴き出す鼻血）留まるところ知らずです！ 素敵すぎるイラストを本当にありがとうございます!!

そしてそして、この本を手に取ってくださった皆様に、心からの愛を感謝を込めて。

春日部こみと

ソーニャ文庫

この本を読んでのご意見・ご感想をお待ちしております。

◆ あて先 ◆

〒101-0051
東京都千代田区神田神保町2-4-7 久月神田ビル7階
㈱イースト・プレス　ソーニャ文庫編集部
春日部こみと先生／すらだまみ先生

逃《に》げそこね

2013年12月9日　第1刷発行

著　者　春日部《かすかべ》こみと
イラスト　すらだまみ
装　丁　imagejack.inc
DTP　松井和彌
編　集　安本千恵子
営　業　雨宮吉雄、明田陽子
発行人　堅田浩二
発行所　株式会社イースト・プレス
〒101-0051
東京都千代田区神田神保町2-4-7 久月神田ビル8階
TEL 03-5213-4700　FAX 03-5213-4701
印刷所　中央精版印刷株式会社

ISBN 978-4-7816-9519-8
定価はカバーに表示してあります。